Éditions Druide
1435, rue Saint-Alexandre, bureau 1040
Montréal (Québec) H3A 2G4

www.druide.com

ÉCARTS

Collection dirigée par
Normand de Bellefeuille

DU MÊME AUTEUR

Le Postier Passila, roman, Actes Sud/Leméac, 2010.

Terres amères, théâtre, Québec Amérique, 2009.

Les Soleils bleus de Centralie, roman jeunesse, Québec Amérique, 2009.

Sous le soleil de Port-au-Prince, roman jeunesse, Québec Amérique, 2007.

La Cadillac blanche de Bernard Pivot, roman, Québec Amérique, 2006.
Prix littéraire de la Ville de Québec et du Salon international du livre de Québec 2007 – Catégorie littérature adulte

Aux portes de l'Orientie, roman jeunesse, Québec Amérique, 2005.
Prix littéraire de laVille de Québec et du Salon international du livre de Québec 2006 – Catégorie littérature jeunesse

Le Joueur de quilles, roman, Québec Amérique, 2004.

Le Solo d'André, roman jeunesse, Québec Amérique, 2002.

Le Fils perdu, roman, Québec Amérique, 1999.

Le Dernier Lit, roman, Québec Amérique, 1998.

Fou-Bar, roman, Québec Amérique, 1997.

QUELQUE PART EN AMÉRIQUE

Catalogage avant publication de Bibliothèque et Archives nationales du Québec et Bibliothèque et Archives Canada

Beaulieu, Alain, 1962-
Quelque part en Amérique : roman

ISBN 978-2-89711-001-7
I. Titre.

PS8553.E221Q46 2012 C843'.54 C2012-941221-X
PS9553.E221Q46 2012

Direction littéraire : Normand de Bellefeuille
Édition : Luc Roberge et Normand de Bellefeuille
Révision linguistique : Diane Martin
Assistance à la révision linguistique : Antidote HD
Maquette intérieure : Anne Tremblay
Mise en pages et versions numériques : Studio C1C4
Révision du montage : Isabelle Chartrand-Delorme et Nicolas Rouleau
Conception graphique de la couverture : www.annetremblay.com
Photographie en couverture : www.francoisfortin.com
Photographie de l'auteur : Maxyme G. Delisle
Diffusion : Druide informatique
Relations de presse : Mireille Bertrand

ISBN papier : 978-2-89711-001-7
ISBN PDF : 978-2-89711-003-1
ISBN EPUB : 978-2-89711-002-4

Éditions Druide inc.
1435, rue Saint-Alexandre, bureau 1040
Montréal (Québec) H3A 2G4
Téléphone : 514-484-4998

Dépôt légal : 3e trimestre 2012
Bibliothèque nationale du Québec
Bibliothèque nationale du Canada

Imprimé au Canada

Alain Beaulieu

QUELQUE PART EN AMÉRIQUE

roman

Druide

LONIE

1.

Quand nous sommes descendus du train, la gare était déserte. J'ai serré la main de mon fils sans lui dire qu'il venait de fouler la terre de sa nouvelle patrie et que c'était là le jour le plus important de sa courte vie depuis celui de sa naissance. Il a levé les yeux vers moi, pas plus inquiet qu'à l'accoutumée même s'il sentait que ma main tremblait. Le bagagiste a déposé nos valises à nos pieds, puis il a hésité, attendant sans doute un pourboire que je ne pouvais pas lui donner, l'achat de nos billets ayant grevé l'essentiel de mes économies. Il nous a finalement salués, puis il a bondi dans le train, qui s'est aussitôt remis en marche dans le grincement strident de ses roues. Ludo l'a regardé s'éloigner avant de me demander ce que nous allions faire maintenant.

— Bientôt, nous allons nous trouver une nouvelle maison. Mais avant, nous avons quelqu'un à rencontrer.

Nous avons tiré la poignée de nos valises à roulettes, nous nous sommes engagés dans le hall, puis nous avons marché jusqu'au banc d'église qu'on avait adossé au mur. Le vieux guichetier nous a souri derrière le grillage de son cagibi, comme s'il nous attendait. J'ai ordonné à Ludo de s'asseoir et de ne pas bouger, puis je me suis dirigée vers le guichet.

— Vous avez l'heure ? ai-je demandé.

L'homme a sorti sa montre du gousset de sa veste.

— Il est dix-huit heures quarante…

— Dix-huit heures quarante, ai-je répété pour moi-même.

Nous étions donc arrivés avec plus d'une heure de retard. Peut-être Marco avait-il rebroussé chemin ou décidé d'aller boire un verre en nous attendant.

— Vous avez vu quelqu'un déambuler dans le hall il y a une heure environ ? ai-je demandé au guichetier, qui m'a souri bêtement.

— Vous êtes dans une gare, madame. Y a que ça ici, des gens qui déambulent.

Je lui ai souri à mon tour en inclinant la tête vers Ludo.

— Pourtant, là, à part mon fils et moi…

Le vieil homme s'est aussitôt rembruni, comme si je venais de l'insulter. Il a ajusté sa casquette, a enfourné sa montre dans la pochette de sa veste, puis m'a parlé du prochain train qui n'entrerait en gare que dans quarante minutes, alors c'était bien normal qu'il n'y ait encore personne pour l'attendre, surtout que les trains ne partent jamais à l'heure dans ce pays, il faut venir de loin pour ne pas savoir ça. Je l'ai laissé terminer sa tirade, puis je l'ai remercié poliment. Sans doute la couleur de ma peau et mon accent prononcé lui avaient-ils inspiré cette référence à notre statut d'étrangers. C'était encore comme ça dans ce pays pourtant bâti par des vagues successives d'immigrants. Je suis retournée m'asseoir près de Ludo et nous avons laissé le temps creuser les rides du guichetier, qui nous guettait du coin de l'œil comme s'il était maintenant pressé de nous voir partir.

Dans cette partie de l'Amérique où nous avions abouti, la nuit allait bientôt tomber et cela ne manquait pas de m'inquiéter. Ludo avait posé sa tête sur mes genoux et je lui caressais les cheveux lorsque le train de dix-neuf heures vingt s'est immobilisé devant la gare pour y cracher deux ou trois voyageurs. Je n'avais vu personne venir acheter de billet au guichet du vieux grognon ni monter dans le train, qui ne s'est pas attardé davantage avant de glisser comme un serpent en dehors de mon champ de vision. J'ai forcé Ludo à se redresser, puis lui ai pris la main.

— Allez, viens !

— Où on va ?

— Voir la ville.

Nos valises nous ont suivis dans le vacarme de leurs roulettes sur le plancher carrelé, puis nous sommes sortis sans saluer le guichetier, qui nous l'a bien rendu.

L'entrée principale de la gare donnait sur une rue étroite que le soleil avait chauffée toute la journée. Déjà les enseignes lumineuses des quelques commerces qui la bordaient — un restaurant, une boutique de vêtements pour dames, un magasin de chaussures, une pharmacie et un bar — brillaient dans la pénombre grandissante. Même si je n'avais plus d'espoir de le voir apparaître, j'ai cherché parmi la petite foule des passants la silhouette de Marco, que je n'avais vu que sur la photographie qu'on m'avait remise après que nous avions traversé la frontière à pied dans le froid de la nuit noire du désert.

Sans doute avait-il eu un empêchement. Je ne savais pas où aller, aussi me suis-je dirigée vers le restaurant en calculant mentalement la valeur des billets que j'avais conservés dans l'échancrure de mon soutien-gorge. Il y en avait pour quelques centaines de dollars, mais je savais que je ne pouvais pas utiliser cet argent, que c'était en quelque sorte notre garantie de survie. Mais il fallait bien manger et dormir quelque part.

Quand j'ai poussé la porte du restaurant, une clochette a annoncé notre arrivée à la dizaine de clients déjà attablés dans l'établissement. Ils se sont pratiquement tous tournés vers nous, ont échangé entre eux des regards entendus, puis se sont remis à manger comme s'ils n'avaient réagi à la clochette que par réflexe. J'ai tiré Ludo vers le comptoir, derrière lequel un homme rond secouait ses chaudrons sans nous prêter la moindre attention. Nous avons attendu qu'il daigne nous regarder, en vain. Au moment où j'allais abandonner et sortir du restaurant, il s'est éclairci la voix et nous a demandé ce que nous voulions sans même lever les yeux sur nous.

— Nous n'avons pas beaucoup d'argent… ai-je annoncé.

— J'ai de la soupe au chou à un dollar cinquante le bol, a-t-il craché en allongeant le bras vers une assiette qui allait recevoir une pleine ration de bœuf en cubes servis avec du riz sous une sauce épaisse.

— J'aime pas ça, la soupe au chou, a murmuré Ludo en tirant ma manche.

— Je sais, moi non plus, chéri. Et votre assiette de bœuf, là, ai-je ajouté pour le chef, elle est à combien ?

Il m'a regardée pour la première fois, puis ses yeux se sont attardés sur le visage angélique de mon fils. Je croyais que celui-ci l'avait attendri, mais son ton s'est durci lorsqu'il est passé devant moi avec son assiette.

— Je crains que ce ne soit trop cher pour vous, m'dame.

Il a poursuivi son chemin pour aller déposer le plat devant un homme vêtu d'une chemise à carreaux et coiffé d'un chapeau de cow-boy qui s'est frotté les mains de satisfaction devant le festin qu'on lui proposait. Quand le chef est repassé devant moi, je lui ai commandé une demi-portion de cette assiette de bœuf au riz. Il a secoué la tête, puis s'est dirigé vers ses fourneaux. Au moment où je me demandais s'il m'avait bien comprise, il m'a dit d'aller m'asseoir. Nous avons traîné nos valises jusqu'à une banquette, tout au fond de la pièce, puis nous nous sommes installés. Derrière nous, un immense miroir reflétait la lumière crue des néons. La radio diffusait une musique sans saveur soutenue par le son lancinant d'une batterie électronique avec laquelle le chanteur tentait de rivaliser.

J'ai profité de l'attrait qu'exerçait sur Ludo le chapeau de cow-boy de notre voisin pour plonger la main dans mon chemisier et y piger un ou deux billets. Depuis que nous avions quitté notre village, et tout au long de notre traversée, jamais je n'avais eu à puiser dans cette réserve destinée à nous offrir de quoi nous loger et nous nourrir convenablement une fois rendus dans notre nouveau pays. Et ce n'est que parce que nous y étions enfin arrivés que je me suis finalement permis cette audace.

Nous avons attendu notre repas sans un mot. Des clients sont sortis, d'autres sont entrés. Le chef s'appelait

Miles. Je l'ai appris de la bouche d'une vieille femme venue le prévenir de l'arrivée prochaine d'une cargaison de rhum brun. Cigarette au bec, les yeux mi-clos de celle qui s'y connaît en alcool, elle ne s'est pas attardée après que le chef lui eut remis quelques billets.

Quand Miles est revenu vers nous, il avait dans les mains deux assiettes bien garnies de sa spécialité. Je l'ai regardé avec insistance. J'allais lui dire que nous n'avions pas les moyens de nous offrir deux portions complètes de son bœuf au riz quand il nous a annoncé que c'était un cadeau de l'homme au chapeau de cow-boy. Celui-ci s'est retourné et nous a salués de son index appuyé contre la bordure de son couvre-chef.

— Bon appétit ! a-t-il lancé sans plus de cérémonie avant de se pencher de nouveau sur son assiette.

Flairant le piège que cachait peut-être cette dette qui m'était imposée, je ne savais pas si je devais accepter cette offrande. Aussi me suis-je levée et suis-je allée m'asseoir devant mon bienfaiteur.

— Merci… c'est gentil, ai-je dit en le fixant dans les yeux.

— Pas de quoi, a-t-il mâchonné, la bouche pleine, presque indifférent.

J'allais retourner m'asseoir avec mon fils lorsqu'il a ajouté :

— Marco ne viendra pas.

J'ai froncé les sourcils. Comment cet homme pouvait-il savoir que Marco devait nous rejoindre à la gare ?

— Vous le connaissez ? ai-je demandé en me rassoyant.

Le cow-boy a roté dans sa main, puis il m'a dévisagée sans manières.

— Vous pouvez pas savoir la chance que vous avez. Si ce salaud vous avait mis le grappin dessus, vous seriez déjà dans de beaux draps, vous et votre petit. Alors, allez manger avant que ça refroidisse et tirez-vous d'ici avant que ses copains décident de terminer le travail à sa place.

J'essayais de comprendre ce que cet homme tentait de me dire. C'était grâce à Marco et à son réseau que nous avions réussi à venir jusqu'ici, et c'est lui qui devait me trouver un logement et un travail pour nourrir mon enfant. Je lui avais fait confiance, et il ne m'avait pas trahie. La route n'avait pourtant pas été facile, les embûches s'étant multipliées, le pays natal à quitter sans se retourner, la frontière à passer, le désert à traverser… Mais jamais Marco n'avait failli à sa parole, et il y avait toujours eu quelqu'un pour nous montrer la piste à suivre à travers les montagnes, puis dans la poussière aride des basses terres, puis encore pour atteindre le train qui nous avait conduits jusqu'ici. Tout s'était déroulé comme Marco nous l'avait promis, et j'avais hâte de le rencontrer enfin pour le remercier de tout ce qu'il avait fait pour nous.

— J'ai l'impression que vous me parlez d'un autre homme que celui grâce à qui nous sommes ici aujourd'hui, mon fils et moi. Sans lui…

— Allez manger ! a-t-il coupé en levant le pouce. Et prenez le premier train pour le Nord. Le prochain part à six heures demain matin, faut pas le rater.

— Mais nous devions nous installer ici, dans cette ville.

— Y a pas de place pour vous ici. Faites-moi confiance, et m'obligez pas à vous raconter ce que

Marco et sa bande réservent aux femmes qu'ils font venir de chez vous. Les policiers lui ont mis la main au collet hier soir, mais il ne restera pas au cachot longtemps, parce qu'ici tout s'achète aussi vite qu'un paquet de cigarettes, même la liberté. Alors, videz votre assiette, puis cachez-vous dans un coin avant de monter dans le train du Nord de demain matin.

Il s'est remis à manger et j'ai compris que la discussion était terminée. Je me suis levée, je suis allée rejoindre Ludo, qui avait déjà avalé la moitié de son assiette, j'ai porté quelques morceaux de viande à ma bouche et, bien que cela fût délicieux, je me suis sentie vite rassasiée — et honteuse de devoir en laisser. Le chef a déposé deux verres d'eau devant nous. J'allais le remercier quand il m'a indiqué d'une geste vif de me coucher sur ma banquette. C'est qu'il avait vu dans le miroir l'homme qui venait de faire tinter la clochette de la porte d'entrée avant de se diriger vers son comptoir.

— Surtout, faut pas bouger, a-t-il soufflé en débarrassant la table et en poussant Ludo vers moi. Eh, Tony ! Quelle surprise ! a-t-il lancé en s'approchant de son nouveau client.

Cachée sous la table avec mon fils, je les ai entendus parler de nous.

— … une femme et un enfant. Arrivés par le train de dix-huit heures…

— Sont pas venus ici, en tout cas, a menti le chef. Je te sers quelque chose ?

— Quelqu'un m'a dit qu'il les a vus entrer dans ton restaurant, a ajouté le Tony sur un ton menaçant.

— Qui c'est qui t'a dit ça ? Un aveugle ? Mais regarde par toi-même. Y a pas de femme ici. Et puis tu sais que je te le dirais si je les avais vus, non ?

Tony a mis un certain temps avant de répondre qu'il avait confiance en lui.

— En tout cas, si tu apprends quelque chose, tu m'appelles, a-t-il conclu.

— Bien sûr, Tony.

Puis un long silence a enveloppé le restaurant. Je n'osais pas bouger. J'attendais qu'on vienne me prévenir que nous pouvions partir, Ludo et moi. Puis j'ai entendu la clochette tinter deux ou trois fois avant que les lumières s'éteignent et que l'homme au chapeau de cow-boy soulève la nappe qui nous dissimulait. Il nous a indiqué la porte arrière du restaurant et nous a poussés dans sa direction. Celle-ci s'est ouverte sur une ruelle qu'un lampadaire éclairait faiblement. Nous avons tous les trois marché entre les poubelles jusqu'à la rue principale, bien éclairée celle-là. J'aurais aimé m'arrêter et prendre le temps de réfléchir, mais l'homme nous pressait d'avancer. Je ne pouvais pas croire que Marco nous ait attirés dans cette ville pour nous causer du mal. C'est ma cousine Liana qui nous avait mis en contact. Peut-être devais-je tenter de la retrouver. Cette ville ne semblait pas si grande après tout. Je serrais la main de mon fils pendant que nous longions les murs, et quand j'ai voulu m'asseoir sur le ciment du trottoir pour reprendre mon souffle, l'homme m'a bousculée sans manières.

— On y est presque, a-t-il dit.

— Où on va ? ai-je demandé, inquiète.

Peut-être cet homme que je ne connaissais pas était-il plus dangereux encore que Marco.

— Ma camionnette est garée juste là, au coin de la rue. Il faut se hâter. Si on nous remarque, vous êtes cuits. Et moi aussi.

J'ai vu dans ses yeux qu'il avait la trouille, alors j'ai entraîné Ludo sans ralentir vers la camionnette verte du cow-boy. C'était un de ces véhicules dont la boîte arrière sert à trimbaler des outils ou des bottes de foin. Nous nous sommes installés sur l'étroit siège arrière de l'habitacle, Ludo et moi, et l'homme nous a demandé de nous allonger sur la banquette avant de mettre le contact et de démarrer lentement. Une rangée de lampadaires a défilé dans la vitre que je fixais pendant que nous roulions à travers la ville. Puis les éclats de lumière se sont espacés. Quand le noir de la nuit, les étoiles et le croissant de la lune sont entrés dans le cadre de l'écran que je n'avais jamais quitté des yeux, le cow-boy nous a dit que nous pouvions nous redresser.

— Où nous emmenez-vous ? Je ne sais rien de vous. Mon fils…

— Vous inquiétez pas, je vous veux aucun mal. Je me demande même pourquoi je me mêle de cette histoire. Je crois que c'est à cause du petit… Ce chien de Marco va trop loin. Y a des limites à ce qu'on peut accepter.

Il se parlait à lui-même, comme s'il avait voulu se convaincre de quelque chose. Quand il a tourné la tête pour me sourire tristement, j'ai remarqué qu'il était un peu plus âgé que je l'avais d'abord cru. Peut-être venait-il d'atteindre la quarantaine. Il a sorti une cigarette de la poche de sa chemise et me l'a offerte. Je l'ai refusée poliment. Il l'a portée à sa bouche et l'a embrasée après avoir gratté une allumette de bois sur le tableau de bord. La route s'était rétrécie et nous roulions maintenant dans une campagne où s'alignait une série de maisons de ferme que je distinguais à peine.

— Tu le connais, le monsieur, maman ? a demandé Ludo en se collant contre moi.

— Ça va, mon chéri, t'en fais pas.

— On va dormir chez lui ?

Cette question est demeurée en suspens, car je n'en connaissais pas la réponse. Le cow-boy a tiré une bouffée de sa cigarette, et je sentais qu'il réfléchissait à la suite des choses.

— Je vous aurais hébergés avec plaisir, finit-il par dire, mais c'est impossible... dans les circonstances, a-t-il ajouté, presque gêné. Y a les voisins, et puis... J'ai peur qu'on vous y repère trop facilement.

— Vous pouvez m'expliquer ce qui se passe ?

La question était sortie de ma bouche avant que mon esprit ait eu le temps de la retenir. Cela m'arrivait fréquemment, comme si les mots coulaient en moi sans même une petite digue pour les contenir un peu. Cela m'avait souvent nui, et c'est sans doute pour cette raison que le père de Ludo était parti sans prévenir, un matin de novembre. Il n'en pouvait plus de m'entendre parler de mes rêves de liberté et de ce voyage que nous allions devoir entreprendre même s'il était risqué. Manuel était un homme simple, capable de se contenter de son sort sans se révolter. Je ne pouvais pas le lui reprocher, puisque c'était aussi l'histoire de ma vie. Une vie de misère dans une maison sans murs incapable de nous protéger du froid, de la chaleur, des moustiques et des voleurs. Mais lorsque Ludo est arrivé, cette idée est sortie avec lui de mon utérus : mon fils n'allait pas vivre comme nous. Alors, je me suis mise à chercher comment nous pouvions quitter notre village, je suis allée dans la grande ville, dix heures d'autocar sur des routes percées de cratères, puis ma tante Mathilda m'a parlé de sa fille, ma cousine Liana, partie refaire sa vie au Nord. J'ai écrit à Liana, et c'est son ami Marco qui m'a répondu. Et puis tout s'est enchaîné…

— Je peux pas tout vous expliquer, mais ce qui est aussi certain que je suis là devant vous actuellement, c'est que vous l'avez échappé belle.

J'ai insisté, je voulais comprendre. Quel danger courions-nous ? Il a fixé la route, sa cigarette au bec, puis il en a jeté la cendre par sa fenêtre entrouverte.

— Les filles que Marco fait venir du Bélize disparaissent les unes après les autres à peine descendues du train.

— Elles disparaissent pour aller où ?

— Ça, on sait pas… Y a toutes sortes de rumeurs à ce sujet. Les moins troublantes parlent d'un réseau de danseuses nues. Mais on entend bien d'autres choses aussi, a-t-il ajouté en regardant Ludo du coin de l'œil pour me signifier qu'on ne pouvait pas parler de ces histoires-là devant un enfant.

J'ai serré mon fils dans mes bras et j'ai pensé à Liana, qui n'a jamais répondu elle-même à mes lettres. J'ai fermé les yeux pour ne pas pleurer devant mon fils, qui n'aurait pas compris et se serait énervé, et j'ai revu sur la surface sombre de mes paupières le beau visage de ma cousine, rond comme une miche de pain, toujours souriant. J'ai caressé en pensée sa peau lisse et brune, mes doigts glissant sur sa joue de fille heureuse et généreuse. Ses yeux m'envoient des baisers avant qu'elle me dise au revoir. Elle a choisi de faire le grand saut vers le pays du bonheur et de la liberté, et me promet d'intercéder en ma faveur quand elle y sera installée. Et je presse mon fils contre moi pour qu'il n'entende pas la clameur sourde de mon chagrin.

Nous avons roulé encore un moment dans la nuit silencieuse, puis la camionnette s'est engagée dans une allée bordée d'arbres sombres. Il n'y avait rien dans ce décor pour me rassurer, mais j'avais choisi d'accorder ma confiance à cet homme, qui venait de retirer son chapeau pour lisser ses cheveux courts enduits de gel. Le chemin nous a menés à une maison d'allure modeste devant laquelle le véhicule s'est immobilisé. L'homme a éteint le moteur, est descendu du camion et a ouvert notre portière. Nous l'avons suivi jusqu'au seuil de la porte d'entrée de la maison, éclairée par une ampoule dont la lueur faiblarde en patinait le bois décati. Le bâtiment, de guingois, faisait à peine quatre mètres carrés. Le cow-boy a inséré une longue clé rouillée dans la serrure et la porte s'est ouverte dans un grincement aigu.

— C'est le chalet de mon père, a-t-il précisé. Il est mort l'an dernier, a-t-il ajouté aussitôt, comme pour m'assurer qu'il ne viendrait pas nous y rejoindre.

Ludo s'est serré contre moi.

— Nick… je m'appelle Nick, ou Nicky, a-t-il dit sans me regarder.

— Ou Nicolas ? ai-je osé.

Il a souri.

— Y a que ma mère qui m'appelait comme ça…

Il allait ajouter quelque chose, mais il a plutôt choisi d'entrer dans le chalet et d'allumer le plafonnier de la pièce unique qui le composait. Cette bicoque ne payait pas de mine, mais c'était déjà mieux que toutes les maisons que j'avais habitées jusque-là. Sur la gauche, un robinet promettait l'eau courante. Plus loin sur le comptoir, un réchaud électrique à deux ronds. Puis la table et ses quatre chaises de bois rustiques. Et le lit à une place, sur la droite, entouré sur les murs de photographies anciennes — des femmes en petites tenues, un cheval attelé à une carriole et le portrait d'un vieil homme. Au-dessus du comptoir, trois armoires dont les panneaux bâillaient sur des assiettes, quelques verres et un jeu de casseroles bosselées.

— Vous pourrez passer la nuit tranquilles. Je viendrai vous prendre vers cinq heures. Y a de l'eau fraîche dans le petit frigo, juste là, et du beurre d'arachide pour le petit, s'il aime ça. Le pain n'est pas frais, mais ça vous dépannera.

Ses yeux bleus se sont attardés sur Ludo, qui venait de s'asseoir sur le lit. Il a posé ses mains sur ses hanches, puis il a cherché autre chose à nous dire. Il a fini par me répéter que personne ne viendrait nous importuner.

— Je vais verrouiller de l'extérieur en sortant.

— Vous voulez dire que vous allez nous enfermer ici ?

— Y a pas de verrou à l'intérieur, alors c'est plus prudent de…

— Je vais mettre une chaise devant la porte, ai-je décrété.

Il a voulu s'opposer, mais il a vite compris au regard aiguisé que je lui ai lancé qu'il ne lui servait à rien d'argumenter. Aussi s'est-il contenté d'aligner une série de « bien, bien, bien » avant de me saluer, de décocher un clin d'œil à Ludo et de sortir.

— Il faut bien coincer la porte avec la chaise, a-t-il lancé en se dirigeant vers son camion, et m'ouvrir quand je viendrai vous chercher.

Il est monté dans son véhicule et la nuit noire l'a avalé. J'ai fermé la porte et me suis assurée que personne ne pourrait l'ouvrir en ajoutant à la chaise posée devant une cale de caoutchouc trouvée tout près et que j'ai enfoncée dans l'ouverture inférieure. J'ai rejoint Ludo, qui tombait de fatigue, et je l'ai étendu sur le lit en lui chantant sa comptine préférée — qui racontait l'histoire d'un oiseau laissé seul dans son nid jusqu'à ce qu'une cigale vienne lui apprendre à voler. Ma main a caressé ses cheveux crépus et il n'a pas mis de temps à s'endormir.

Le silence de la nuit ajoutait au trouble que je ressentais à l'idée de devoir fuir cette ville avant même de l'avoir vue. Mille images traversaient mon esprit, celles de femmes qu'on avait enfermées dans un cachot ou qu'on obligeait à se prostituer dans des bordels miteux. Celles aussi de mon Ludo, seul dans une rue déserte, amaigri dans des vêtements sales. Celles encore de Marco, si beau sur la photo qu'il m'avait envoyée. Voilà que je n'étais plus certaine qu'il s'agissait bien de lui. J'avais l'impression de voguer sur une mer démontée, incapable de reprendre pied et incertaine de ma survie. Cependant, je ne pouvais pas m'assoupir, à cause de mon petit Ludo, pour qui j'avais fait tout cela et que je devais protéger.

Quand j'ai éteint la lumière, un rayon de lune a dessiné un rectangle bleu clair sur le plancher. Je me suis étendue près de mon fils et j'ai fermé les yeux. Puis j'ai eu peur de m'endormir, alors je me suis redressée et suis allée m'asseoir à la table après m'être servi un verre d'eau. Et j'ai attendu que le jour se lève.

2.

Quand j'ai ouvert les yeux — je m'étais assoupie sur la table, la tête appuyée sur mes bras —, un sursaut de panique m'a fait bondir vers mon fils, qui ronflait sous la couverture comme s'il avait toujours habité dans cette maison. J'ai déposé un baiser sur son front et mon cœur s'est remis à battre normalement. Je me suis resservi de l'eau, puis j'ai regardé le jour apparaître lentement à la fenêtre.

Le chalet avait été construit à l'orée d'une forêt, dans une clairière couverte d'une pelouse qu'on avait tondue récemment puisqu'elle gardait les traces des roues d'un tracteur. J'ai supposé que Nick continuait d'entretenir le chalet de son père même si plus personne ne venait y dormir. Puis j'ai revu la maison sans murs de mes parents dont les colonnes avaient été posées sur un plateau de terre battue. Mon père avait délimité son lopin de terre par un rectangle de pierres grises, qui formaient une clôture précaire à peine assez haute pour empêcher la chèvre et le chien de s'enfuir. J'ai supposé que mon pauvre papa avait compris pourquoi j'étais partie, pourquoi j'avais accepté de suivre ma cousine pour offrir à mon fils un avenir… j'allais dire meilleur. Un avenir, tout simplement. Car dans mon village, il n'y avait rien d'autre à faire que de regarder le temps passer. Pendant que les filles s'occupaient de la lessive et tentaient de composer des repas savoureux avec deux os et trois poissons, les garçons s'installaient en bordure de la route principale et attendaient que la nuit tombe en comptant les voitures, plutôt rares dans ce coin de pays. Deux fois par jour, le car s'arrêtait devant le magasin général pour avaler ou régurgiter les cinq ou six villageois qui travaillaient dans la grande ville et devaient se taper trois heures de déplacement pour un salaire de misère. Les femmes faisaient des ménages, dans des hôtels ou chez les riches du haut plateau. Les hommes jouaient les gardiens de sécurité, dans les mêmes hôtels ou chez les mêmes riches du haut plateau. Personne chez nous n'était allé à l'école longtemps. Plusieurs n'y avaient même jamais mis les pieds. Ludo, lui, aurait plus de chance. Parce que dans ce pays, l'école était de qualité et gratuite pour tout le monde. C'est du moins ce qu'on m'avait dit.

Le chant d'un corbeau, que j'ai vu s'installer sur la cime d'un arbre, m'a sortie de mes pensées. Je le regardais prendre son envol lorsque j'ai aperçu la silhouette d'un homme au bout de l'allée qui menait à la route. Dans un réflexe, je me suis accroupie quand je me suis rendu compte qu'il ne s'agissait pas de Nick. Plus petit et plus rond, l'homme s'est mis à siffler un air que je ne connaissais pas. Peut-être même ne s'agissait-il pas d'un air connu, mais tout bonnement d'une suite de notes comme il m'arrivait parfois d'en aligner quand la vie m'octroyait un répit. L'homme s'approchait du chalet d'un pas décidé, aussi me suis-je penchée davantage pour qu'il ne me voie pas et l'ai-je moi-même perdu de vue. J'ai entendu ses bottes marteler le bois de la petite véranda puis il m'a semblé qu'il avait inséré une clé dans la serrure. Je me suis précipitée vers Ludo, qui dormait profondément. L'homme a tourné la clé dans la serrure, mais voyant que la porte ne s'ouvrait pas, il s'est mis à la secouer. Il a invoqué tous les saints du calendrier, a insulté le Seigneur en personne, puis il s'est appuyé de tout son poids sur la porte, qui s'est entrouverte. Et c'est à ce moment qu'il a compris qu'il y avait quelqu'un à l'intérieur du chalet.

— Qui est là ? a-t-il crié. Je vous préviens, je suis armé.

Je ne savais pas comment réagir. Je me suis élancée vers le comptoir pour y prendre un couteau, et à peine ai-je eu le temps de revenir vers Ludo — réveillé par les cris de l'homme — que notre visiteur a forcé la porte et s'est retrouvé devant nous. La surprise lui a écarquillé les yeux.

— Regardez-moi ça ! Qu'est-ce que tu fais ici, négresse ? a-t-il demandé avec un sourire où j'ai tout de suite décelé une pointe de satisfaction morbide.

J'ai gardé le silence en étreignant Ludo, qui s'est mis à pleurer.

— Comment t'as fait pour te rendre jusqu'ici ? Tu sais que les gars de Marco te cherchent partout en ville. On peut pas dire que ta tête est mise à prix, mais j'imagine qu'on va m'offrir une petite récompense quand je vais t'avoir ramenée là-bas.

J'ai brandi mon couteau. J'avais tellement la trouille que ma main tremblait aussi vite que battent les ailes d'un colibri. L'homme a reculé d'un pas.

— Arrête ça, t'as aucune chance de t'en sortir. Laisse tomber ce couteau, tu aggraves ton cas.

— Si tu approches, je te tranche la gorge !

Ma menace l'a fait rire, et j'ai vite compris pourquoi quand il a dégainé un revolver de la poche intérieure de sa veste avant de le pointer vers moi.

— Viens avec moi, petit ! a-t-il ordonné à Ludo, qui s'est aussitôt caché derrière mon dos.

— Laisse-le, c'est un enfant.

— Qui a dit que je lui voulais du mal ? Il va simplement m'accompagner pendant que tu vas attendre sagement ici que je revienne avec la voiture. Évidemment, si t'es plus là quand je vais revenir…

— Je vais venir avec vous…

— Pour me faire faux bond en chemin ? Non merci.

— Mon fils ne bougera pas d'ici !

Il a avancé d'un pas dans notre direction, son revolver toujours pointé sur moi, puis son sourire s'est transformé en une sorte de grimace inquiétante.

— Je compte jusqu'à trois… S'il ne vient pas avec moi, il se retrouve orphelin, et avec la couleur de peau qu'il a, je vois pas qui par ici pourra le prendre pour l'élever. Un… Je te préviens, y a personne aux alentours, pas même pour entendre le coup de feu. Deux…

Dans ses yeux, il n'y avait rien de bon à voir. Que du vilain, que de la méchanceté, que de la hargne.

— Tu l'auras voulu, pauvre idiote… a-t-il lancé en levant le bras encore un peu plus.

— Ça va ! ai-je crié. Ça va… Vous avez gagné.

Pris de panique, Ludo s'est accroché à mes vêtements.

— Écoute-moi, Ludo, ai-je dit en le ramenant devant moi. Écoute-moi ! ai-je crié pour le secouer.

Il ne m'avait jamais entendu élever la voix, aussi s'est-il calmé.

— Tu vas suivre ce monsieur et tu vas revenir me chercher, tu m'entends ? Tu m'entends ?

Mon petit Ludo a hoché la tête comme une poupée de chiffon.

— J'ai confiance en toi, mon fils. Tu es grand maintenant, alors tu vas accompagner ce monsieur jusqu'à sa voiture et vous allez revenir. Tout se passera bien, ai-je ajouté en regardant l'homme, qui avait baissé son bras près de son corps.

Le revolver, moins menaçant, pendait maintenant vers le plancher.

— Allez, vas-y, ai-je ajouté en poussant Ludo avec l'impression de l'envoyer à l'abattoir.

Mon fils a reniflé un bon coup puis il a rejoint l'homme, qui lui a passé une main dans les cheveux avant de me fixer dans les yeux.

— On sera de retour dans vingt minutes.

Il a pris la main de mon fils, puis ils sont sortis. Je les ai regardés s'éloigner et me suis mise à pleurer. Je me suis effondrée, craignant le pire pour mon fils, m'imaginant qu'il n'allait pas revenir. Et je m'en suis voulu de l'avoir laissé partir. Je suis sortie de la maison et j'ai couru dans le chemin, mais ils étaient déjà loin et je n'ai pas osé crier. Je suis tombée sur le sol alors que le soleil empourprait le ciel et j'ai attendu, mon corps secoué de spasmes par la fatigue et l'inquiétude.

Les minutes ont passé, je n'aurais su dire combien, puis j'ai entendu le son d'un moteur. Je me suis redressée d'un bond et me suis plantée au centre du chemin. Au loin, j'ai vu le véhicule foncer vers moi. Il s'agissait d'une camionnette, semblable à celle de Nick. J'ai cherché la tête frisée de mon fils sur le siège du passager jusqu'à ce que je comprenne que c'était Nick qui venait nous chercher, comme il l'avait promis. Il a freiné devant moi, et je me suis jetée sur lui dès qu'il a ouvert sa portière.

— Il a pris mon fils, il a pris mon fils ! ai-je crié à travers mes sanglots. Aidez-moi, s'il vous plaît, il a pris mon fils…

Nick m'a serré les épaules et m'a secouée légèrement.

— Qui ça ? De quoi parlez-vous ?

— Un homme, il est venu. Il avait la clé de votre maison…

Nick a penché la tête vers son épaule, comme pour réfléchir, puis il a craché un nom.

— Brodie ? Pas très grand, les yeux plissés…

— C'est ça ! Vous le connaissez ? Il est parti avec Ludo, chercher sa voiture à ce qu'il a dit. Doit revenir pour me remettre à Marco.

Nick a proféré un juron. Il a couru jusqu'au chalet et en est ressorti avec nos valises, qu'il a balancées dans la boîte de son camion.

— Allez, montez !

— J'ai promis de l'attendre ici… ai-je objecté.

— Vaut mieux pas… Venez.

Voyant que j'hésitais encore, il m'a demandé de lui faire confiance. Dans son regard bleu, une lueur de sincérité perçait le voile de panique qui s'y était déposé. J'ai contourné le véhicule et j'ai pris place à ses côtés. Il a fait demi-tour dans le chemin, sa camionnette projetant derrière elle des litres de terre boueuse, puis nous avons foncé vers la route.

— Mike Brodie, un ami de mon père. Il demeure à dix minutes d'ici. Il vient parfois prendre un café dans la bicoque en souvenir du bon vieux temps où il passait ses journées à jouer aux dames avec mon vieux. Pas un méchant diable, mais il aime beaucoup l'argent… Je suis désolé, je n'ai pas pensé qu'il pouvait se pointer si tôt.

Je n'étais pas capable de m'arrêter de pleurer, m'imaginais que cet homme allait vendre mon fils au plus offrant. Une fois sur la route, la camionnette a filé vers l'est, où le soleil se pointait le bout du nez. Nous avons traversé un pan de forêt, puis une mer de blé jaune. Nick m'a indiqué une maison perchée sur une colline au bout d'un long serpent de terre grise.

— C'est là.

Une voiture verte — un vieux modèle, assurément — venait de s'engager dans le chemin en pente vers la route principale. Nick y a bifurqué et a garé son camion de travers pour lui bloquer la voie. L'autre s'est approché lentement, et j'ai vu mon fils sur le siège du passager avant même que le véhicule s'immobilise devant nous.

— Attendez-moi ici, m'a ordonné Nick avant de descendre.

Brodie est sorti de son véhicule, lui aussi, et il a salué Nick de la main.

— Salut, le jeune ! Je vois que tu t'es fait une copine, a-t-il ajouté sur le ton de la moquerie en agitant son index dans ma direction.

— Qu'est-ce que t'es en train de manigancer, Mike ? a demandé Nick en s'approchant de lui. Dis-moi que c'est pas ce que je crois.

— Et qu'est-ce que tu crois, Nick ? Pour tout dire, j'ai l'impression que c'est toi qui es dans la merde, non ? Si jamais Marco apprend que tu caches sa poulette dans le chalet de ton père, t'es pas mieux que mort, mon jeune.

Nick s'est avancé davantage, et j'ai eu l'impression que Brodie allait sortir son arme.

— Je suis plus capable de fermer les yeux, Mike. Quand je l'ai vue avec son petit, innocente comme un oisillon, pareille à toutes les autres venues avant elle et qu'on n'a plus jamais revues, je me suis dit : « C'est fini. Terminé. Pas elle. Pas lui », a ajouté Nick en levant le menton vers Ludo.

Brodie s'est mis à rire, et on voyait que ce n'était pas forcé. Il a même dû s'appuyer sur sa voiture pour reprendre son souffle tellement il riait.

— Qu'est-ce que tu crois, Nick ? a-t-il fini par lancer. Que tu vas pouvoir refaire les règles à toi tout seul ? Explique-moi, veux-tu ? Parce que, franchement, je comprends pas où tu t'en vas. Tu sais très bien que tu peux pas te révolter. C'est trop tard. Ça dure depuis des années, Nick, et t'as jamais rien dit. Tu les as vues passer, les noiraudes du Sud, tu les as vues descendre du train plus d'une fois, non ? Et tu t'es toujours écrasé, comme tout le monde ici. Alors, qu'est-ce qui t'arrive aujourd'hui, Nick ? Ton père…

— Mêle pas mon père à cette histoire. Il a jamais fait de mal à personne.

— Ah ça, faudrait demander à ta sœur.

Nick a semblé déstabilisé par la remarque de Brodie. Il a juré, puis il a serré les poings.

— T'es vraiment qu'une ordure, Mike.

— Contrairement à d'autres, j'ai la conscience tranquille, Nick.

— Alors qu'est-ce que tu fabriques avec ce gamin ?

Brodie l'a dévisagé un moment, a regardé le ciel qu'un filet de nuages déchirait, puis il a expiré bruyamment.

— OK, a-t-il soufflé. Et dis-moi, si je te rends le petit, qu'est-ce que tu vas en foutre, hein? Qu'est-ce que tu vas faire, toi, Nick Delwigan, d'une négresse et de son chaton frisé?

J'ai regardé Nick, qui a baissé les yeux sur ses bottes de cow-boy tachées de terre grise. Il a mis les mains dans les poches de son jean et il m'a jeté un regard anxieux.

— Je sais pas, Mike...

— La marier peut-être, a ajouté Brodie avant d'éclater de rire une nouvelle fois.

Nick a pincé les lèvres, puis il s'est approché de la voiture et a ouvert la portière pour que Ludo puisse en descendre.

— Va retrouver ta mère.

Je suis aussitôt sortie de la camionnette et Ludo a couru vers moi. Je l'ai pris dans mes bras et nous nous sommes étreints en pleurant.

— Tu commets une grave erreur, le jeune, a lancé Brodie avec un air franchement désolé. Je sais pas ce que tu cherches à prouver, et à qui, mais t'es en train de t'enfoncer dans de la belle merde bien chaude, et pas juste un peu. À moins que tu veuilles simplement la sauter. C'est vrai qu'elle est jolie, et jeune, avec le cul bombé des gens de sa race. Et faut dire que depuis ta séparation d'avec la belle Nelly, t'as pas dû te dégourdir souvent.

Visiblement piqué au vif, Nick a choisi d'ignorer sa remarque. Il nous a rejoints et nous sommes remontés dans sa camionnette.

— Quand tu vas mourir, Mike, a dit Nick après s'être installé derrière le volant de son camion, tu pourras dire au Seigneur que Nick Delwigan a sauvé ton âme. Et peut-être qu'il va me pardonner de pas m'être levé debout plus tôt…

La terre a de nouveau roulé sous les roues de la camionnette, qui s'est engagée sur la route huilée d'un soleil encore orange.

3.

Nous avons roulé pendant de longues minutes, et je me suis demandé si Nick n'était pas en train de tourner en rond. J'ai d'abord cru que nous allions retourner au chalet de son père, mais nous sommes passés devant l'allée qui y menait sans même ralentir. Je n'osais pas lui demander ce qu'il avait en tête, car je voyais bien qu'il ne savait pas quoi faire de nous. J'aurais aimé qu'il nous dépose à la gare comme cela avait été prévu, mais il était évident que nous n'y serions pas restés trente secondes avant qu'un des gars de Marco nous y découvre. Le plus prudent aurait été de rentrer chez moi avec mon fils, de reprendre la route vers le Sud et de passer la frontière de nouveau. Mais je ne voulais pas avoir fait tout cela en vain. Maintenant que nous avions foulé le sol de notre nouvelle patrie, il n'était pas question de reculer.

De temps en temps, je tournais la tête vers Nick, dont le visage crispé n'annonçait rien de bon. Il regardait son rétroviseur toutes les dix secondes et gardait les mains serrées sur son volant. Au moment où nous allions atteindre la ville, il a pris un embranchement puis nous nous sommes engagés sur une autoroute qui serpentait entre les montagnes brûlées par le soleil. J'avais perdu le sens de l'orientation et ne savais pas si nous roulions vers le Nord ou vers le Sud. Après un moment, Nick s'est détendu. Il regardait son rétroviseur moins régulièrement et s'était mis à conduire d'une seule main. Je le trouvais plus beau sans son chapeau de cow-boy, qu'il avait lancé sur la banquette arrière. Il portait les cheveux courts, une barbe toute jeune et la même chemise à carreaux que la veille. On l'aurait dit tout droit sorti d'un des westerns qu'on pouvait voir parfois à la télé du *snack-bar* où nous allions boire un coca-cola le dimanche après-midi, ma cousine et moi. Avec mon Ludo collé contre moi, je me sentais en sécurité, même si je ne connaissais rien des plans de notre sauveur. Je me suis mise à prier pour lui, à demander au Seigneur de le protéger. Car j'avais bien compris qu'il venait de se mettre à dos une bande de truands, et que ces bandits n'allaient pas le laisser s'en tirer facilement.

— Comment vous vous appelez ?

Sa question est venue interrompre mes prières. Je ne savais pas si je devais lui dire la vérité ou m'inventer une nouvelle identité. Aussi ai-je hésité, assez longuement pour que Ludo intervienne.

— Moi, c'est Ludo.

Nick a souri, puis il lui a tapoté le genou d'une manière presque paternelle.

— Enchanté, Ludo.

Puis il a levé les yeux sur moi.

— Vous n'êtes pas obligée de me répondre, vous savez.

Rien ne m'indiquait que je devais revenir sur ma décision de faire confiance à cet homme, aussi lui ai-je dit la vérité.

— Lonie… En fait, mon prénom, c'est Elonida, mais on m'a toujours appelée Lonie. Un peu comme vous avec Nicolas.

Il a ri.

— Oui, vous avez raison. Heureux de vous connaître, Lonie.

Il a tendu la main, et j'ai touché sa peau blanche — quoiqu'il eût le teint plutôt foncé — et rugueuse. Il y avait longtemps que je n'avais senti la peau d'un homme sous mes doigts élancés. Depuis le départ du père de Ludo, que je revoyais chaque fois que je regardais mon fils. Sur le coup, je n'y ai pas pensé. Cela m'est venu quelques minutes plus tard, au moment où j'ai compris que nous nous éloignions de la ville et que j'étais à mille lieues de tous les plans que j'avais échafaudés pendant le trajet qui m'avait conduite jusque-là. Je m'étais imaginée à la gare, accueillie par Marco et Liana, ma cousine. Nous montions dans une voiture de luxe et nous nous dirigions vers la maison qu'ils avaient préparée pour nous, Ludo et moi. Excitée, Liana me faisait visiter notre nouvelle demeure, une cuisine équipée d'un four et d'une cuisinière électrique, un salon avec la télé et un divan confortable, une chambre pour Ludo, petite mais bien éclairée, et la mienne, plus spacieuse, peinte en rose. Marco me tendait les clés en me félicitant de ma décision d'être venue les rejoindre, et il nous invitait tous au restaurant pour célébrer mon arrivée. Or je roulais dans une camionnette avec un homme que je ne connaissais pas, sur une route aussi sinueuse que le fil de ma vie, sans savoir où je m'en allais.

— D'où vous vient cet accent? a demandé Nick sans quitter la route des yeux. Vous parlez l'anglais comme un paysan du vieux Sud.

— C'est mon père qui m'a appris. Il a toujours parlé anglais à la maison. Il disait que c'était la langue des riches. Chez nous, au Bélize, c'est comme ça en tout cas. Ça vient du temps où les Britanniques contrôlaient tout. Aujourd'hui, c'est l'Amérique qui mène les affaires du monde. Alors, je parle anglais avec mon fils aussi.

Nick s'est contenté de sourire, peut-être parce que, bien que né en Amérique, il n'avait pas l'impression de mener quoi que ce soit. C'est du moins ce que j'ai lu dans ses yeux à ce moment-là. De la complicité et de la sympathie.

— Nous avons contourné la ville, non ? ai-je osé.

Nick m'a regardée d'un drôle d'air.

— Je croyais que vous aviez compris que vous ne pouviez plus remettre les pieds là, Lonie.

Bien sûr, j'avais compris. Mais je me suis retenue de le lui dire aussi sèchement. Curieusement, alors que je ne savais pas ce que nous deviendrions, Ludo et moi, je me suis inquiétée pour lui.

— Et vous, Nick, pourrez-vous rentrer chez vous sans danger ?

Ma question l'a fait grimacer, puis il s'est gratté le menton en réfléchissant à la réponse qu'il allait m'offrir.

— Pour tout vous dire, je sais pas. Ma préoccupation pour l'instant, c'est de vous mettre tous les deux en lieu sûr. Pour le reste…

Sa réponse, même évasive, m'a touchée, et j'ai eu envie de savoir pourquoi il faisait tout ça pour nous. À en croire Brodie, Nick n'avait pas eu cette attention pour les autres filles venues du Sud avant moi. Pourquoi donc, cette fois-ci, s'était-il permis d'affronter Marco et sa bande ?

— Je suis pas seul, vous savez, a-t-il ajouté. Vous avez vu, au restaurant, personne ne vous a trahie. C'est signe que quelque chose se prépare, que les gens ont compris.

— Qu'est-ce qu'ils ont compris, Nick ? ai-je demandé naïvement.

— Ils ont compris qu'en n'agissant pas, ils deviennent des complices.

Nous avons roulé en silence sur plusieurs kilomètres avant que j'ose lui demander où il nous conduisait. Il a parlé de sa sœur, qui habitait plus au nord dans une banlieue tranquille de la capitale de l'État. J'ai vite déduit de notre conversation qu'il s'agissait d'un quartier où les Noirs n'allaient pas se balader et que nous n'y passerions pas inaperçus. Mais Nick nous a promis d'arranger ça, sans que je saisisse ce que cela pouvait signifier.

L'autoroute découpait une plaine décorée d'industries dont les cheminées crachaient une fumée grise que le vent rabattait parfois sur la chaussée en bancs de brouillard inquiétants, souvent malodorants. Cela m'a rappelé les autres grandes villes de ce pays dont nous avions traversé l'arrière-cour pendant notre voyage en train, toutes aussi laides les unes que les autres. Je croyais que personne ici n'avait à travailler dans la suie et la puanteur de ce type de monstres de métal.

Nous avons contourné des villes dont nous devinions les plus hauts immeubles au loin, deux ou trois très certainement. Ludo, lui, n'a rien vu de tout cela, trop petit pour apercevoir autre chose que le tableau de bord et la danseuse hawaïenne qui se balançait sous le rétroviseur central du véhicule. Parfois, je le hissais sur mes genoux pour lui montrer le paysage quand c'était plus joli. Des champs de coton — du moins, je crois que c'en était —, des arbres fruitiers — des citronniers surtout — ou des chevaux qu'on laissait gambader dans des enclos de planches blanches. Ludo ouvrait les yeux très grand, s'interrogeait sur le nom de telle ou telle chose, ne voulait plus se rasseoir sur la banquette, entre Nick et moi. Même s'il avait l'air préoccupé, Nick s'amusait des remarques du petit.

Nous nous sommes arrêtés à une halte routière, en bordure de l'autoroute, pour nous soulager et manger le beignet — cuit sur place par une grosse femme au sourire invitant — que Nick nous a offert. Un couple de voyageurs nous a dévisagés longuement, Ludo et moi, puis je les ai vus aller s'entretenir avec Nick quand celui-ci est sorti des toilettes publiques. Quand nous sommes remontés dans la camionnette, je lui ai demandé ce qu'ils lui avaient dit. Il a souri, puis il a sorti un sandwich de la poche de sa veste.

— Ils m'ont donné ça pour vous, a-t-il dit en me le tendant.

— Pourquoi ? ai-je demandé.

Nick a souri de plus belle.

— Ils vous ont pris pour des itinérants que j'avais fait monter en autostop, et je n'ai pas osé les contredire.

Je ne savais pas si je devais accepter ce sandwich ou le laisser à Nick. Nous n'avions pas mangé depuis la veille, et je voyais Ludo m'implorer de ses grands yeux. J'ai finalement offert que nous nous le séparions, mais Nick a décliné mon offre.

— Allez-y ! J'entends ça gargouiller dans le ventre du petit. De toute manière, je n'ai pas faim. Vous savez, j'ai mangé des crêpes pour déjeuner, ce matin, avant de vous rejoindre au chalet de mon père. Alors que vous…

Je n'ai pas argumenté plus longuement, j'ai coupé le sandwich en deux parties égales et mon fils a mordu dans son morceau comme un loup dans une chèvre agonisante. Je ne me suis pas fait prier moi non plus. Nous avons repris la route sans jamais plus nous arrêter.

4.

Nous avons traversé la capitale et son trafic d'enfer si lentement que j'ai cru un moment que nous n'allions jamais y arriver. Ludo s'était endormi sur ma cuisse, et Nick avait mis la radio pour nous aérer l'esprit. Je n'avais jamais vu autant de voitures en même temps. L'autoroute s'était élargie, mais sans que cela n'améliore la fluidité de la circulation. Nous avons ouvert les fenêtres et une odeur de gazoline m'a aussitôt levé le cœur. J'ai eu peur de vomir là, dans la voiture. Aussi me suis-je éventée avec un pan de mon chemisier, puis Nick a lancé le ventilateur à fond, ce qui m'a rafraîchie. J'ai profité d'un arrêt total du flux des voitures pour demander à Nick de me parler de cette sœur chez laquelle il allait nous déposer. Plus âgée que lui, mariée à un courtier en valeurs mobilières — j'aurais aimé qu'il m'explique ce que c'est qu'un courtier en valeurs mobilières, mais je ne voulais pas interrompre sa lancée. Elle habitait une maison luxueuse depuis que son mari avait gagné une fortune en investissant au bon endroit au bon moment. Tout cela restait vague pour moi, mais je comprenais qu'ils étaient riches. Une femme gentille, donc, capable de nous trouver un petit coin dans sa maison en attendant que les choses se placent pour nous. C'est ce qu'il a dit, même s'il ne lui avait pas encore demandé son avis.

— Vous en faites pas, Lonie. Vous serez bien reçus, Ludo et vous. On vous installera et, par la suite, on régularisera votre situation.

Je l'ai regardé du coin de l'œil.

— Qu'est-ce que ça veut dire, ça, régulariser ?

Nick a balayé l'air devant lui.

— Vous savez, les papiers et tout ça… Pour que vous ayez un jour le droit de travailler chez nous.

Je ne voyais pas de quels papiers Nick voulait parler. Ma cousine m'avait expliqué, dans l'une de ses lettres, que ce pays ne demandait rien aux immigrants qui voulaient travailler. Qu'il leur suffisait de se présenter dans les usines ou les commerces pour qu'on les engage sur-le-champ, sans manières et sans façon.

— Oui, vous avez raison, a confirmé Nick, mais seulement, sans papiers, c'est illégal, et vous êtes moins bien protégée.

Dans ma tête, une pleine pelletée de mots se mêlaient les uns aux autres pour m'étourdir, comme si la langue anglaise elle-même m'était dérobée. Je n'arrivais pas à donner un sens à ce que Nick tentait de m'expliquer. Pourtant, je savais qu'il n'y avait rien là de bien compliqué à comprendre. Mais j'avais l'impression de m'enfoncer et peinais à respirer. Quand Nick s'est aperçu que j'étouffais, il s'est inquiété et m'a demandé de prendre de grandes respirations. J'ai fermé les yeux et je me suis concentrée pour que l'air entre et sorte de mes poumons plus lentement. Au bout d'un moment, les choses se sont replacées, et quand j'ai rouvert les yeux, j'ai eu la sensation de revenir à moi. La sueur avait mouillé mon front et le milieu de mon dos, et le vent que laissait entrer ma fenêtre ouverte m'a refroidie. J'ai esquissé un sourire pour rassurer Nick, puis je me suis assoupie, morte de fatigue parce que je n'avais pratiquement pas dormi depuis deux jours.

Je me suis réveillée lorsque Nick a refermé la portière du camion stationné devant la pompe d'une station-service. Ludo dormait encore, la tête appuyée sur mes côtes. Je le trouvais si courageux de vivre tout cela sans paniquer. J'aurais bien pris un peu de son insouciance pour me soulager du fardeau qu'avaient déposé sur mes épaules les événements des dernières heures. En tournant la tête, je voyais Nick faire le plein, et j'ai remercié Dieu d'avoir mis cet homme sur mon chemin. Tout doucement, j'ai ouvert ma portière et je suis descendue du camion sans réveiller mon fils. J'ai annoncé à Nick que je devais aller aux toilettes, et il m'a indiqué une affichette, derrière la cabine du pompiste, en me suggérant de me pincer le nez. J'ai souri et suis allée me soulager. Quand je suis revenue, Ludo était assis dans la boîte arrière du camion, une canette de boisson gazeuse à la main, et il discutait avec Nick, qui avait remis son chapeau de cow-boy et s'était appuyé contre la boîte. Ils avaient l'air sérieux tous les deux, comme s'ils étaient en train de prendre une décision importante.

— De quoi parlez-vous? ai-je lancé en marchant vers eux.

— Regarde, maman, Nick m'a payé une boisson, a annoncé Ludo en brandissant sa canette.

— Tu as dit merci?

— Trois fois, a répondu Nick. Nous discutions voitures. Ludo aimerait bien conduire le camion, a-t-il ajouté avec un sourire.

Je l'ai regardé, puis je me suis penchée sur mon fils.

— Quand tu auras l'âge, hein… Tu m'en donnes une gorgée?

— Y en a une pour vous sur le siège avant.

Je l'ai remercié à mon tour et j'ai froncé les sourcils.

— Qu'est-ce qu'il y a ? a-t-il demandé.

Je me suis contentée de hocher la tête. C'est que je me demandais pourquoi nous étions tombés sur un type aussi gentil, et pourquoi ce type aussi gentil avait choisi de se mettre en danger pour nous, et pourquoi ce type aussi gentil n'avait pas levé le petit doigt pour ma cousine et toutes celles qui étaient venues avant et après elle.

La chaleur avait fait suer la canette, et je l'ai passée sur mon cou, de l'avant vers l'arrière, avant de la dégoupiller. Les bulles ont chatouillé ma gorge et je les savourais encore quand je me suis aperçue que Nick me regardait du coin de l'œil en feignant d'écouter ce que Ludo lui racontait. Il s'est détourné aussitôt que nos regards se sont croisés, puis il a tiré Ludo de la boîte du camion pour le déposer sur la banquette. Nous nous sommes remis en route, puis le bitume a défilé sous nos pieds sur plus de cinquante kilomètres avant que le camion ne s'engage dans une sortie. Celle-ci nous a menés sur une route toute neuve qui sectionnait une forêt luxuriante. Des murets de pierres percés de grilles ouvragées bloquaient l'accès à une série d'allées de terre battue, et j'ai mis du temps à comprendre que les gens du coin cachaient leurs maisons derrière les arbres, à l'abri des curieux — et de leurs voisins. Quand le camion s'est immobilisé devant l'un de ces grillages, j'ai retenu mon souffle. Nick est descendu pour aller se planter devant un interphone muni d'une caméra de surveillance. Il a appuyé sur un bouton puis il a attendu qu'on lui réponde en me lançant un sourire qu'il voulait sans doute rassurant.

— Qu'est-ce qu'il fait, Nick, maman ? a demandé Ludo en étirant le cou.

— Il attend qu'on nous ouvre la grille, chéri.

Puis j'ai entendu la voix d'une femme, surprise et excitée, demander à Nick ce qu'il foutait là.

— Si tu me laisses entrer dans ta forteresse, je pourrai t'expliquer, a répondu Nick sans malice.

La grille s'est aussitôt mise à se rétracter et Nick a sauté dans le camion pour s'engager dans l'allée qui nous a conduits, sur plus de six cents mètres, devant la porte principale de la maison. Celle-ci s'est ouverte avant même que nous nous soyons arrêtés. La dame, svelte sous ses cheveux blonds et bouclés, allait s'élancer vers son frère lorsqu'elle m'a aperçue, ce qui l'a fait se figer sous le porche. J'ai laissé Nick descendre en premier. Il s'est dirigé vers sa sœur et l'a embrassée sur la joue avant de venir vers moi pour ouvrir ma portière.

— Allez, soyez pas timides…

Nous sommes descendus, Ludo et moi, et nous avons marché vers la dame, qui ne savait pas comment réagir à cette visite-surprise. Elle nous a finalement tendu la main en me gratifiant d'un solennel « bonjour, Madame » et en souriant de manière tendue à Ludo.

— Bonjour, jeune homme, je m'appelle Maureen. Et toi ?

— Ludo, Madame…

— Je te présente Lonie, a ajouté Nick pour sa sœur, dont le sourire ne cessait de s'élargir.

Sans doute s'imaginait-elle toutes sortes de choses et tentait-elle de voir ce qui, dans tous ces scénarios — clocharde trouvée sur la route, amie, nouvelle femme dans la vie de son frère, divorcée, mère monoparentale… — pouvait être réellement envisageable. Elle a fini par se ressaisir et nous a invités à entrer.

Sa maison était immense. Sans doute comptait-elle une quinzaine de pièces, réparties sur deux étages, avec une rallonge vers le jardin et sa piscine remplie d'une eau plus translucide qu'une vitrine de grand magasin. Partout des boiseries et de la céramique, et des meubles de cuir vieilli dans toutes les pièces, et une cuisine comme aucune femme n'en a jamais rêvé. Nous l'avons traversée pour passer au salon, dont les murs vitrés donnaient sur le jardin et la forêt environnante. Nous nous sommes assis sur un divan aux coussins blancs si moelleux que j'ai eu l'impression d'avoir posé mon postérieur sur un nuage. Maureen a croisé les jambes pendant que Nick déposait son chapeau sur la table de centre. Il s'est lissé les cheveux, a souri nerveusement et s'est assis devant sa sœur.

— Alors ! s'est-elle exclamée, faussement enjouée. Ça fait un bail tout de même, a-t-elle ajouté pour Nick sans que je comprenne s'il s'agissait là d'un reproche. Quel bon vent vous amène dans notre forêt perdue ?

Comme elle me regardait en disant cela, je me suis demandé si la question m'était adressée personnellement. J'avais envie de lui répondre que le vent qui nous avait conduits jusqu'ici n'était pas si bon que ça, mais je me suis contentée de tourner la tête vers Nick, qui a baissé les yeux et s'est pincé le nez.

— Tu peux aller dans le jardin, Ludo, a-t-il dit. Y a des lézards et tout plein d'oiseaux. Mais tu prends garde de tomber dans la piscine.

Ludo a attendu que j'approuve, puis il s'est élancé vers la large porte vitrée à demi ouverte. Je l'ai regardé courir derrière un chat avant de s'asseoir à même le sol, près de la piscine, sans doute attiré par une fourmi ou une chenille.

Maureen paraissait impatiente d'entendre ce que son frère avait à lui raconter. Il lui a d'abord parlé de leur ville natale, qui avait bien changé depuis qu'elle l'avait quittée, huit ans plus tôt. Il y avait eu la fermeture de l'usine, les maisons qu'on avait cessé d'entretenir, la mort du maire Scott, remplacé par ce pourri de Tupper qui avait laissé la racaille s'installer. La rue principale était devenue de moins en moins fréquentable alors que les truands en prenaient lentement le contrôle. Vente de drogue, prostitution, salons de jeu... Une manne pour les voyous. Ceux qui étaient restés avaient assisté à la dégradation sans pouvoir la contrer.

— Un jour, un type est arrivé. Il s'est installé sur East Road, dans la maison du vieux Glass.

— Monsieur Glasgow est décédé ? a demandé Maureen.

— Y a deux ans maintenant... Le gars s'appelle Marco, a ajouté Nick en levant les yeux sur moi. Il est venu avec sa bande, des vrais durs. Et c'est là que tout a commencé...

Maureen attendait la suite, mais Nick ne trouvait plus les mots pour poursuivre son récit. Je savais, moi, ce qui lui nouait ainsi les cordes vocales. Sans doute était-il assailli par le souvenir de toutes ces femmes qu'il avait vues arriver en ville par le train ou le car pour disparaître aussitôt sans que personne ne pose de questions. Nick m'a regardée fixement et j'ai deviné dans ses yeux le remords qui le rongeait. Maureen lui a demandé de continuer. Il s'est raclé la gorge, et j'ai cru un moment qu'il allait pleurer. Mais il s'est ressaisi, s'est pincé le nez de nouveau et lui a raconté comment, deux ou trois fois par mois, des femmes arrivaient en ville avec leur petit bagage, habillées de leurs plus beaux vêtements, payés au prix fort dans leur pays de misère, accueillies par Marco, qui les hébergeait un jour ou deux avant qu'elles repartent on ne savait où ni de quelle manière.

— Mais c'est horrible ! a murmuré Maureen. Et la police ne fait rien pour empêcher ça ?

— Le chef de police reçoit sa part… c'est du moins ce qu'on dit.

— Le vieux Ridley ? C'est pas possible.

— Ridley est mort, Maureen… dans un accident de voiture. Nous sommes plusieurs à croire qu'on lui a bousillé ses freins. Ces gars-là sont capables de tout. C'est pour ça que personne ne s'est jamais révolté. Mais hier…

La discussion s'est interrompue quand Ludo est venu vers moi pour me demander la permission d'enlever son chandail. Je voyais bien que c'était le système d'arrosage automatique de la pelouse qui l'attirait. J'ai regardé Maureen, qui s'est plainte de la chaleur et a dit à Ludo qu'il était bien chanceux de pouvoir se rafraîchir. Mon fils lui a lancé un « Merci, M'dame » rapide avant de s'élancer vers le jardin et de faire une pirouette au-dessus du jet d'eau.

— Hier, a repris Nick sans quitter Ludo des yeux, Lonie est arrivée à la gare avec son petit. Dieu a voulu qu'elle débarque en ville au moment où Marco venait de se faire arrêter par un agent fédéral. Quand on l'a vue entrer chez Miles, on s'est tous regardés, je veux dire tous ceux qui étaient là, dans le restaurant, et sans même en discuter, on a choisi de pas laisser passer ce coup-là. C'est à cause du petit, je crois bien. Alors, on s'est enfuis…

— Qui ça, on ? a demandé Maureen.

Nick a levé les yeux.

— Nous trois. Je les ai cachés dans le chalet de papa pour la nuit, mais cet idiot de Brodie est venu fouiner et il a fallu qu'on parte vite…

Maureen est restée sans voix un moment, puis elle m'a souri d'une drôle de manière. Je me suis demandé si ce sourire n'exprimait pas la colère ou le mépris à mon endroit. Mais elle s'est approchée et elle a pris ma main pour la tapoter. Je ne comprenais pas ce que cet élan d'affection signifiait, surtout qu'elle s'était mise à me remercier. Nick assistait à la scène en spectateur, visiblement intrigué lui aussi par la soudaine attention que me prêtait sa sœur. Cette femme à l'allure classique, dont les cheveux teints en blond laissaient voir une repousse grisonnante, maquillée comme au jour de ses noces, visiblement à l'aise dans son corps frêle vêtu d'un ensemble blanc crème, allait se mettre à genoux devant moi au moment où Nick lui a demandé ce qu'elle faisait.

— Tu ne comprends pas que cette femme représente ta rédemption, Nicky. Dieu l'a mise sur ta route pour le salut de ton âme…

Nick a roulé des yeux. Sans doute devinait-il l'emphase avec laquelle sa sœur allait interpréter ce signe.

— La voix du Seigneur n'est parfois que murmure, mais il arrive qu'il élève le ton pour que tous entendent ce qu'il a à dire. J'ai l'impression, Nicky, qu'il vient d'élever le ton pour toi.

— Oui…

— Et qu'il t'a choisi pour sonner l'alarme et nous redonner l'espoir de jours meilleurs. Sans doute le jour se lèvera-t-il enfin sur ma ville natale, où les ténèbres s'envoleront avec leurs sbires, suppôts de Satan. Et tout cela grâce à qui ? À cette femme, a-t-elle répondu aussitôt en me serrant la main, qui par son sacrifice vous a ouvert les yeux.

Maureen secouait la tête de gauche à droite, comme si elle s'adressait à une foule nombreuse, et j'ai compris à ce moment qu'elle n'était plus avec nous, que son esprit avait quitté cette maison pour une destination inconnue. Nick s'était appuyé sur ses genoux et avait baissé les yeux. Sans doute savait-il, lui, où l'esprit de sa sœur était rendu, et qu'il était ardu de l'en ramener.

— Dieu vous a désignée, Lonie, pour que la révélation advienne dans l'âme et le cœur des hommes de notre pays. Il vous a confié une mission…

Je me suis opposée poliment, faisant valoir que j'avais en quelque sorte été entraînée dans cette histoire malgré moi, peut-être même par convoitise puisque j'étais venue pour améliorer mon sort et celui de mon fils. Mais Maureen était lancée. Je ne devais surtout pas croire que le hasard existait…

— Il n'y a pas de hasard, Lonie. Tout est écrit, comme il était écrit que vous viendriez dans ma maison aujourd'hui. Et vous voulez que je vous dise ? Bill me l'avait annoncé.

— Bill est le mari de ma sœur, a pris la peine de préciser Nick. Il est conseiller financier, mais aussi pasteur…

— Prédicateur ! a corrigé Maureen. Vous savez ce que c'est, n'est-ce pas ? a-t-elle ajouté pour moi. C'est quelqu'un qui peut prédire ce qui va advenir. Eh bien le mois dernier, Bill m'a annoncé l'arrivée imminente d'une nouvelle personne dans notre vie. Cela m'a bouleversée, parce que je n'ai jamais pu avoir d'enfants — c'est l'épreuve que Dieu a choisie pour aiguiser ma foi.

Nick a échappé un soupir et s'est redressé sur son siège, comme s'il allait partir.

— Qu'est-ce que tu fais, Nicky ? Mon frère n'a jamais su décoder les signes, a-t-elle ajouté à mon attention.

— Je n'ai surtout jamais cru à un Dieu qui rende les femmes infertiles.

— Je me demande parfois si tu crois seulement en Dieu, Nicky.

Maureen m'a libérée et elle s'est tournée vers lui. J'ai jeté un regard furtif à Ludo, tout trempé à force de sauter autour du jet d'eau. Je me suis levée et j'ai laissé Nick avoir cette discussion avec sa sœur. Je suis sortie dans le jardin et me suis approchée de la piscine. Ludo me lançait des « Regarde, maman » à répétition et je lui souriais sans conviction. Mon esprit voulait s'envoler lui aussi, car je voyais bien que nous avions parcouru tout ce chemin pour rien et qu'il nous faudrait rentrer au pays quand mes petites économies se seraient écoulées. Je ne savais même pas où nous étions et, bien que tout autour de moi transpirât le luxe et la richesse, j'avais l'impression de n'avoir accès à rien de tout cela. J'enviais mon fils qui jouait dans l'eau, heureux et insouciant. Je me serais bien laissée aller, moi aussi, si j'avais pu me libérer du peloton de questions qui me martelait le crâne comme l'armée pilonne la place publique le jour de la fête nationale. Je voyais Nick et Maureen échanger les répliques d'une pièce qu'ils ne jouaient sans doute pas pour la première fois et je me disais que j'étais peut-être en train de leur compliquer la vie. J'essayais de comprendre pourquoi Nick nous avait emmenés ici. Sans doute pour nous éloigner de Marco le plus possible.

— Lonie, vous pouvez venir un instant?

La voix de Maureen m'avait fait sursauter. Elle se tenait dans le cadre de la porte vitrée dans une pose de vedette de cinéma. Derrière elle, Nick s'était levé et regardait Ludo s'amuser. Je suis rentrée dans la maison et me suis approchée de lui.

— Il a de l'énergie, le petit, a remarqué Nick en le désignant du menton.

J'allais répondre «comme tous les enfants», mais Maureen nous avait rejoints. Je me suis donc contentée de sourire.

— J'ai une proposition à vous faire, Lonie, a lancé Maureen. Comme vous le constatez, nous avons une grande maison qui demande beaucoup d'entretien. Un peu d'aide ne me nuirait pas. Alors si vous voulez rester ici, je vous engage comme aide domestique. Votre salaire sera modeste, mais vous serez logés et nourris, Ludo et vous. Cela vous permettra de voir venir, comme on dit. Qu'en pensez-vous?

Mon regard a croisé celui de Nick, dont les lèvres dessinaient un sourire que je n'arrivais pas à déchiffrer. J'ai demandé à Maureen si elle accepterait de me laisser en discuter seule à seul avec Nick un instant.

— Bien entendu! Je vais aller nous préparer de la limonade à la cuisine. Vous me ferez signe quand je pourrai revenir.

Elle a aussitôt disparu. Nick et moi sommes retournés nous asseoir, et il a compris que tout allait trop vite pour que je puisse prendre quelque décision que ce soit.

— Vous avez besoin de temps pour réfléchir à votre avenir, Lonie. Ma sœur est un peu particulière, mais c'est une bonne personne. Elle vous aurait hébergée sans rien vous demander en retour, mais si vous travaillez dans la maison, ça vous fera une petite expérience.

— Et vous, Nick ?

— Vous inquiétez pas pour moi. Pour vous, l'important est là, dehors. C'est à lui qu'il faut penser. Je vais vous laisser mes coordonnées. S'il y a quoi que ce soit, je reviendrai vous chercher et on trouvera autre chose.

Il a pris ma main, les siennes étaient chaudes. Intimidée par la profondeur de son regard bleu acier, j'ai baissé les yeux.

— Je sais pas si c'est Dieu qui vous a mise sur ma route, a-t-il dit, ou le destin, ou la vie, tout simplement, mais je suis heureux que cela se soit produit.

J'ai levé les yeux lentement et j'ai vu passer sur son visage un voile de sérénité qui m'a détendue. J'entendais Ludo crier sa joie chaque fois qu'il sautait au-dessus du jet d'eau, et je me disais que nous avions droit à ce temps d'arrêt, lui et moi. Alors j'ai dit « c'est bon » et Nick est allé chercher sa sœur à la cuisine. Quand Maureen est revenue, elle a déposé son plateau de limonade sur la table de salon, m'a tendu la main solennellement et m'a souhaité la bienvenue chez elle.

— Venez, je vais vous montrer votre chambre. Ludo pourra dormir avec vous ou sur un petit lit séparé si vous préférez. Nick va surveiller le petit, n'est-ce pas Nicky ?

— Bien sûr, allez-y.

Nous avons gravi le majestueux escalier de bois verni qui séparait le salon de la cuisine pour nous retrouver à l'étage, où s'alignait une série de portes de part et d'autre d'un long couloir. Nous avons marché jusqu'au bout du corridor, puis Maureen m'a invitée à entrer dans une pièce plus grande que la maison de mon père. Le lit pouvait accueillir au moins trois personnes tellement il était large. La commode comptait cinq tiroirs, et un bureau en coin servait de secrétaire.

— Ici, vous avez la garde-robe, a dit Maureen en ouvrant une porte. La salle de bain est en face, a-t-elle ajouté en désignant le couloir.

J'avais l'impression de m'être endormie. Tout cela était trop beau pour être vrai. Debout au centre de cette chambre immense, j'ai pensé à mon père, puis à tous ceux que je connaissais et que j'avais laissés derrière moi en quittant mon pays. J'étais partie de chez moi il y a quelques jours à peine, mais tout ce que j'y avais abandonné m'apparaissait déjà si lointain. Ici, tout était si différent, si propre, si coloré… J'avais envie de me laisser tomber sur le lit, les bras en croix, et de remercier Dieu moi aussi.

Je ne savais pas si je devais garder mes distances avec Maureen, s'il aurait été déplacé de la serrer dans mes bras. Chez nous, c'est ce que j'aurais fait pour lui exprimer ma gratitude, mais je sentais les gens d'ici plus réservés. Alors, je me suis contentée de hocher la tête et de sourire pour lui montrer que tout cela me convenait.

— Quel âge a votre fils ? a demandé Maureen.

— Cinq ans.

— Ici, les enfants entrent à l'école à six ans, mais il va falloir régulariser votre situation avec l'immigration. Enfin… nous verrons ça plus tard. Ça vous va ?

J'ai acquiescé. Nous avons parlé de mes responsabilités — essentiellement faire les repas et le ménage de la maison — puis nous sommes redescendues au salon, où Nick fumait une cigarette, appuyé contre le cadre de la porte.

— On ne fume pas dans cette maison, Nicky! a lancé Maureen d'un ton autoritaire.

— Je ne suis pas dans la maison, je…

— Ni dans la maison ni autour… Éteins-moi ça! De toute manière, c'est mauvais pour la santé.

Nick a frotté le bout de sa cigarette contre une pierre du jardin et a remis le mégot dans son paquet. Je me suis approchée de lui et j'ai regardé Ludo s'amuser. Maureen a disparu. Sans doute était-elle partie chercher un cendrier.

— Ça va? a-t-il soufflé à mon oreille.

— Ça va aller, oui. La chambre est magnifique.

— Tout est magnifique ici, a dit Nick avec un sourire de dérision. Bill gagne beaucoup d'argent, et pas juste avec ses placements, a-t-il ajouté avec un clin d'œil. La religion, c'est aussi une entreprise…

J'avais saisi l'ironie cachée derrière sa remarque, mais j'ai décidé de ne pas l'entretenir. J'ai plutôt laissé le temps nous engourdir un peu plus. De gros nuages blancs filaient sur le bleu du ciel et j'avais l'impression qu'ils allaient s'accrocher à la cime des arbres tellement ceux-ci étaient gigantesques.

— Vous ne l'aimez pas beaucoup, hein? ai-je finalement osé.

Nick a froncé les sourcils.

— De qui parlez-vous? De ma sœur? Vous savez, elle et moi, ça n'a jamais été facile. Elle a cinq ans de plus que moi et elle est partie tôt de la maison, je devais avoir onze ans, alors… On se voit rarement, on s'appelle de temps en temps depuis la mort de notre père, comme si on avait besoin de se convaincre chacun de son côté qu'on n'était pas seul au monde, vous comprenez ? On est si différents…

Maureen est réapparue, une bombe de désodorisant à la main, puis elle s'est mise à en répandre l'odeur de fleurs des champs un peu partout dans le salon. Nick a baissé la tête et a croisé les bras sur sa poitrine. Je me suis approchée de Ludo.

— Viens te sécher, tu es tout trempé.

— Encore un peu, maman, a-t-il supplié.

Je l'ai regardé s'énerver encore un moment, puis suis revenue vers Nick, qui attendait que sa sœur ait fini d'asperger les meubles du salon et retourne à la cuisine pour aller chercher ma valise dans le camion.

— Je reviens dans deux minutes, ai-je dit à Ludo. Sois prudent.

— Oui, maman.

J'ai suivi Nick jusqu'au camion. Il avait remis son chapeau de cow-boy en passant et je l'ai retrouvé tel qu'en lui-même. Ce n'était déjà plus le petit frère de sa grande sœur. Il a rallumé son mégot de cigarette puis il m'a regardée de biais. J'aurais voulu qu'il reste avec nous, au moins jusqu'au lendemain.

— C'est impossible. J'ai du boulot qui m'attend à la maison.

À la maison, il y avait aussi les hommes de Marco. Mais ça, nous n'en avons pas parlé. Il m'a tendu ma valise, a tiré sur sa cigarette, puis il a balancé le mégot dans un bosquet. Nos regards se sont croisés l'espace d'un cillement, comme si ces adieux nous intimidaient tous les deux. J'aurais aimé qu'il me serre dans ses bras et embrasse mon front pour que son esprit entre dans le mien. Je savais maintenant que cet homme m'avait sauvé la vie et qu'il avait épargné à mon fils des souffrances que je ne pouvais pas imaginer. Si on m'avait donné le choix, je serais repartie avec lui malgré le luxe de cette maison, le jardin, la chambre magnifique et tout le reste. J'attendais qu'il me le propose, même si je savais que je ne pouvais pas retourner dans sa ville.

Il a promis de revenir nous rendre visite bientôt, m'a tendu une carte avec son nom et un numéro de téléphone pour le joindre en cas d'urgence, puis il est monté dans son camion.

— Vous ne saluez pas votre sœur ? me suis-je étonnée.

— C'est une habitude chez nous… on n'aime pas les adieux.

Il a mis le moteur en marche et a pris congé en posant un index sur la bordure de son chapeau.

— Vous serrerez la main de Ludo pour moi. Et dites-lui que, la prochaine fois, je le laisserai conduire le camion.

Le véhicule s'est ébranlé et je l'ai regardé s'engager dans l'allée et filer vers la sortie. Maureen est apparue derrière moi. Elle a posé une main sur mon épaule et m'a souri tendrement.

— Vous avez eu de la chance, a-t-elle remarqué simplement avant de se diriger vers le bosquet pour y ramasser le mégot que Nick y avait lancé.

5.

Maureen nous a servi un souper vite fait, des sandwiches au jambon fumé et un muffin pour dessert, puis nous avons regagné nos quartiers, Ludo et moi. À peine nous étions-nous étendus sur le lit que le sommeil nous a emportés tous les deux. Nous avons dormi toute la nuit, une nuit sans rêves en ce qui me concerne, jusqu'à ce qu'on vienne frapper à notre porte. J'ai ouvert les yeux, le jour se levait à peine par la fenêtre dont nous n'avions pas tiré les rideaux avant de nous endormir. Je me suis levée pour aller ouvrir, et c'est là que je l'ai vu pour la première fois. Bill le prédicateur. Il se tenait bien droit dans son pyjama gris rayé, un sourire figé sous une moustache mince et grisonnante, ses cheveux poivre et sel tombant sur son front large et strié de rides. Il m'a tendu la main.

— Bonjour, je suis Bill Jarvis, le mari de Maureen.

J'ai serré sa main.

— Lonie… mon fils Ludo, qui dort encore, ai-je ajouté en désignant le lit.

Il a penché la tête puis il a souri une seconde avant de retrouver son sérieux.

— Je suis désolé de vous avoir réveillée, Lonie. Nous avons l'habitude de nous lever tôt. Peut-être serait-il préférable que nous ayons tous le même horaire dans la maison.

— Bien entendu, ai-je dit sans réfléchir.

— Bien… Nous vous attendons à la cuisine pour vous expliquer le fonctionnement de nos appareils ménagers. Dans dix minutes, ça vous va ?

J'ai acquiescé de la tête.

— Bien… a-t-il répété avant de me tourner le dos et de filer d'un pas rapide vers l'escalier.

J'ai refermé la porte et je m'y suis appuyée pour repasser cet échange dans ma tête. Cet homme m'était franchement antipathique. Le ton de sa voix cassante, son sourire affecté, la froideur de son regard… il n'avait rien d'un type aimable. Mais comme je n'avais pas les moyens d'avoir des humeurs, je me suis précipitée vers le lit pour réveiller Ludo, qui s'est mis à rechigner avant d'ouvrir les yeux.

— Allez, hop ! On nous attend en bas. Allez, debout.

Il a fini par se dégourdir et nous nous sommes habillés en vitesse. Dix minutes plus tard, nous étions assis à la table devant Maureen et Bill, qui s'appliquaient à mettre sur papier mon horaire de la semaine. J'allais devoir prendre l'habitude de me lever avant eux pour préparer le petit-déjeuner. Le ménage avait été divisé en période de deux heures, au rythme de quatre périodes par jour. On voyait que Bill tenait le haut du pavé dans la maison, Maureen approuvant chacune de ses remarques et de ses instructions. Nous avons mangé des rôties avec de la confiture, et j'aidais Maureen à débarrasser lorsque Bill a décrété que Ludo aurait son coin à lui pour prendre ses repas, dans une pièce adjacente à la cuisine, sorte de garde-manger assez grand pour recevoir une petite table et une chaise droite. Quand nous avons voulu nous retirer, Ludo et moi, Bill nous a demandé de nous agenouiller pour la prière. Ludo m'a regardée avec ses grands yeux, et je lui ai fait signe d'obéir. Le plancher de céramique était froid et dur pour nos genoux, mais nous sommes restés immobiles tout le temps qu'il a fallu à Bill pour nous faire peur en nous parlant des feux de l'enfer de Lucifer et des massacres de l'Apocalypse. Quand il nous a enfin libérés, nous sommes montés à notre chambre et Ludo s'est serré contre moi. Bill l'avait tant intimidé qu'il voulait quitter cette maison sur-le-champ. J'ai tenté de le rassurer de mon mieux, mais je me demandais moi aussi dans quel piège nous venions de mettre les pieds. Ludo s'est étendu sur le lit et je lui ai proposé de lui lire ma liste de tâches.

— Tu vas devoir m'aider, chéri. Écoute ça.

Je me suis mise à imiter la voix grave de Bill en appuyant sur chaque syllabe : nettoyer la cuvette et le lavabo de la salle d'eau, changer les serviettes, récurer le plancher, vider la petite poubelle ; laver le plancher du corridor (bien sécher), épousseter les deux lustres, laver les plaques des interrupteurs et des prises de courant ; changer la literie de la chambre principale, épousseter les meubles et les lampes, passer le balai, secouer les oreillers…

— T'as entendu ça, Ludo ? Secouer les oreillers…

— Je vais le faire, je vais le faire.

La liste était sans fin, puisqu'elle se répétait selon un cycle de quatre blocs, entrecoupés de périodes réservées à la préparation des repas.

Pendant que je poursuivais ma lecture, Ludo a fermé les yeux et il a fini par se rendormir. J'ai déposé ma liste sur la table de coin et me suis inquiétée pour Nick. Était-il rentré chez lui ? L'y attendait-on pour lui faire payer son geste de bravoure à mon endroit ? J'ai ouvert ma valise et me suis changée. Ma liste de tâches était si longue que je devais m'y mettre sans délai. J'ai déposé une couverture sur Ludo, je suis descendue chercher mes affaires dans le grand placard de la cuisine — un balai, une brosse, un seau et quelques linges — puis je suis remontée à l'étage pour m'attaquer au ménage de la salle de bain. À peine m'étais-je mise à l'ouvrage que Bill se présenta dans le cadre de la porte, sa chemise ouverte sur son maillot de corps.

— Il va falloir attendre que nous nous soyons lavés et rasés avant de nettoyer la salle de bain, a-t-il dit avec une amabilité qui m'a semblé feinte.

— Oui, bien sûr… C'est que, sur ma liste, vous avez mis ce travail en premier, alors…

Il a souri bêtement.

— Dans ce cas, allez-y avec la tâche suivante.

— C'est que je ne veux pas déranger votre femme.

— Que voulez-vous dire, Lonie ? a-t-il demandé en me regardant comme si j'étais une demeurée.

— Après la salle de bain, je dois nettoyer votre chambre, mais je crois que Maureen y est retournée après le petit-déjeuner.

Il est resté sans voix un moment, puis il s'est approché de moi.

— Lonie…

— Oui, Bill…

— Je préférerais que vous nous appeliez Madame et Monsieur plutôt que par nos prénoms.

J'ai soutenu son regard un moment, puis j'ai choisi de prendre tout cela en riant, comme si nous jouions un rôle, lui et moi.

— Bien, Monsieur, ai-je répondu avec une légère courbette.

Bill ne m'a pas trouvée drôle. Il s'est éloigné de la porte et je suis sortie pour le laisser à ses affaires. Je suis retournée voir Ludo, qui n'avait pas bougé du lit, puis je me suis mise à nettoyer les plaques des interrupteurs du corridor en attendant que Bill sorte de la salle de bain. Seul le chant excité d'un oiseau venait briser de temps à autre le silence de la maison. J'essayais de démêler l'écheveau de mon esprit, incapable de dire si je devais me réjouir ou me désoler de ma situation. Rasé de près et bien coiffé, une cravate d'un rouge éclatant nouée sur sa chemise blanche, Bill est passé près de moi sans me regarder. Quand il a ouvert la porte de sa chambre, j'ai entendu Maureen lui demander s'il allait s'arrêter chez le teinturier pour y prendre les vêtements qu'ils y avaient fait nettoyer. Il a refermé avant de répondre, puis est ressorti trente secondes plus tard, sa veste sur le bras. Il a descendu l'escalier, puis j'ai entendu la porte du rez-de-chaussée se refermer.

— Lonie, vous pouvez venir ici un instant ? a lancé Maureen de sa chambre.

Je me suis présentée avec mon linge toujours à la main. Elle portait une chemise de nuit bleu ciel pardessus laquelle elle avait enfilé une robe de chambre de soie blanche. Je la trouvais plus jolie sans maquillage, plus naturelle. Elle s'est assise sur son lit et m'a demandé de la rejoindre. J'ai hésité un moment, puis j'ai pris place près d'elle. Elle a enserré ma main puis elle a baissé les yeux.

— Mon mari n'a pas l'habitude d'avoir quelqu'un d'autre dans la maison. Il a toujours refusé que nous engagions des domestiques. C'est une question de principe. Pour lui, on ne partage pas le toit familial avec des étrangers. J'ai dû lui forcer un peu la main pour qu'il accepte de vous héberger, Ludo et vous. Vous devez donc lui laisser un peu de temps pour qu'il s'habitue à vous. Vous allez voir, il n'est pas souvent à la maison. Il s'agira d'être discrète quand il sera là.

J'ai baissé la tête, puis je l'ai regardée de côté. Il y avait dans ses yeux un voile de tristesse contenue et je me suis dit — ce qui m'a étonnée en y pensant — que je ne changerais pas de place avec elle. Peut-être avais-je déjà pris l'habitude de ne pas avoir d'homme dans ma vie, mais je n'aurais pas voulu de son Bill. Dans un élan de compassion sans doute ridicule, j'ai serré sa main comme pour la consoler, et cette inversion des rôles l'a poussée à se redresser comme si un moustique venait de lui piquer les fesses. Je me suis levée moi aussi, puis j'ai attendu qu'elle me signifie mon congé.

— J'espère que vous vous plairez chez nous jusqu'à ce que votre situation se régularise, a-t-elle dit en me tournant le dos.

J'aurais bien aimé qu'elle m'explique enfin ce que cette régularisation impliquait pour que je m'y mette rapidement, mais cette discussion allait devoir attendre.

— Dois-je vraiment vous appeler Madame ? ai-je osé.

Elle s'est tournée vers moi, surprise.

— C'est Bill qui vous a demandé ça ?

J'ai hoché la tête. Elle a réfléchi un moment, puis elle a repris ma main.

— Pas quand nous serons entre nous. Mais quand Bill sera là, vous seriez gentille d'acquiescer à cette demande. Faut pas lui en vouloir, a-t-elle ajouté aussitôt. Bill prend souvent la parole en public, mais au fond, c'est un grand timide, et ce genre d'exigence lui permet de garder une distance avec ceux qui l'entourent. Donnez-lui un peu de temps…

Elle m'a libérée et j'allais retourner à mon ouvrage pour terminer ce que j'avais commencé dans la salle de bain avant que Bill ne m'en expulse quand le visage de Nick a envahi mon esprit.

— Vous avez eu des nouvelles de votre frère ?

Ma question a semblé l'étonner.

— Pas depuis hier. J'aurais dû ?

— Il a couru de grands risques pour nous aider, Ludo et moi. J'ai peur que les autres s'en prennent à lui.

Maureen a souri nerveusement, puis elle m'a assuré qu'il ne lui arriverait rien. Je ne saisissais pas comment elle pouvait en être si certaine.

— Dans notre pays, Lonie, a-t-elle précisé pour répondre à mon incompréhension évidente, les bandits ne s'attaquent jamais directement aux policiers, car ils savent ce qui les attend s'ils se font prendre…

La petite souris que j'ai dans la tête s'est mise à faire tourner sa roue si vite que j'ai dû fermer les yeux pour me répéter ce que Maureen venait de me révéler.

— Votre frère est policier ? ai-je échappé sans arriver à dissimuler ma surprise.

— Il ne vous l'a pas dit ? Sacré Nicky ! Remarquez que je le comprends. Il n'y a pas de quoi se vanter d'être membre d'une force de police qui accumule les scandales depuis plusieurs années. À ce que je vois, rien ne va plus depuis qu'ils ont écarté le vieux Ridley. Ça, c'était un chef, un vrai, avec de la poigne et des principes, sévère mais juste…

C'est à peine si je suivais la conversation, toujours sous le choc de la révélation. J'essayais de m'imaginer

Nick en uniforme, ayant troqué son chapeau de cowboy pour celui, plus carré, des forces de police de ce coin de pays. Même si cela n'enlevait rien à ce qu'il avait fait pour nous, Ludo et moi, je ne pouvais pas m'empêcher de penser qu'il avait voulu paraître plus courageux qu'il ne l'était en réalité, puisque son statut le protégeait, d'une certaine manière, des représailles. Peut-être Maureen possédait-elle des facultés de voyance ou de télépathie puisqu'elle a enchaîné sur le sujet sans même que je lui explique mes réserves.

— Si la police est corrompue au plus haut niveau, a-t-elle dit, peut-être Nicky s'est-il mis effectivement dans de beaux draps. Mais c'est avec ses supérieurs qu'il devra s'expliquer, pas avec la racaille qu'ils protègent. Je vais lui passer un coup de fil tout à l'heure pour vous rassurer, a-t-elle conclu avec un sourire.

Je l'ai remerciée et me suis remise au travail. Ludo s'est réveillé vers dix heures et j'étais heureuse qu'il ait si bien récupéré. Je ne savais pas quoi faire de lui, alors je l'ai envoyé dans le jardin, où j'ai vu Maureen lui expliquer comment nettoyer la piscine avec une longue perche munie d'une épuisette qu'il arrivait à peine à tenir. Parce que Ludo savait nager, je ne me suis pas inquiétée qu'il tourne ainsi autour du bassin, et j'espérais même secrètement que Maureen lui permettrait de se baigner quand le soleil taperait plus fort.

Quand Maureen est sortie faire des courses, nous nous sommes retrouvés seuls, Ludo et moi, et j'ai eu le sentiment étrange d'être en train de vivre une vie qui n'était pas la mienne. Mon fils prenait son rôle d'homme d'entretien au sérieux. Je le regardais retirer une à une les feuilles et les moustiques qui flottaient sur l'eau claire de la piscine et je me demandais ce qui allait advenir de nous. J'avais rêvé de ce pays si longtemps qu'une fois là je ne savais plus comment le prendre. J'étais capable de voir la chance que j'avais de ne pas m'être retrouvée dans les pattes de Marco, mais il me manquait trop d'informations pour arriver à décider quelle démarche je devais entreprendre ensuite. Maureen et Bill n'allaient pas nous héberger indéfiniment, à moins qu'ils s'habituent à nous et décident de nous garder comme employés. Cette pensée m'a amenée à me secouer pour que tout reluise dans la maison. Après avoir exécuté certaines tâches de ma liste, j'ai décidé de récurer le plancher de la cuisine, dont la céramique s'est mise à briller comme un miroir. Puis Ludo a crié « Viens voir, maman ! » et je me suis précipitée vers le jardin, où une grenouille immense venait de plonger dans l'eau de la piscine. Mon fils m'a tendu l'épuisette et il a sauté sur place tout le temps qu'il m'a fallu pour parvenir à chasser la bête. J'y ai mis près de dix minutes puisqu'elle bondissait dans l'eau chaque fois que j'arrivais à la soulever avec mon instrument. Ludo s'amusait beaucoup, et moi aussi je dois dire. Nous avions l'impression de jouer dans une comédie ou que quelqu'un se moquait de nous.

J'avais encore l'épuisette à la main et n'avais pas cessé de rire quand Maureen est apparue dans le cadre de la porte. J'ai senti qu'elle n'aimait pas nous voir aussi joyeux, mais lorsque Ludo a couru vers elle pour lui expliquer ce qui venait de se passer, elle s'est détendue et a ri avec nous.

— Le livreur du supermarché sera ici dans une heure, a-t-elle annoncé. J'aimerais que vous soyez là quand il arrivera. Cela nous permettra de planifier les repas.

Elle allait nous quitter quand elle s'est retournée.

— J'ai remarqué que vous aviez lavé le plancher de la cuisine. Merci, c'est gentil.

Puis elle est disparue avant que j'aie pu réagir à ses remerciements. Je me suis demandé si tous les gens de ce pays étaient comme ça, secrets, difficiles à cerner, ambigus. J'étais à la fois charmée et intriguée par cette femme ambivalente, parfois chaleureuse comme une amie d'enfance, et le reste du temps froide comme un soldat. Je voyais bien que mon fils l'intimidait. Sans doute la ramenait-il à son infertilité et aux enfants qu'elle n'avait jamais eus. Parce que je ne savais pas ce que je serais devenue si je n'avais pas eu mon fils, je comprenais sa tristesse et son malaise.

La journée a coulé sur la maison sans que je m'en rende compte, trop occupée à récurer et à surveiller Ludo, que Maureen a finalement installé devant la télé. Nous avons dîné tous les trois vers dix-huit heures, puis nous sommes montés à notre chambre, Ludo et moi, aux alentours de vingt heures. Une heure plus tard, j'ai entendu la voiture de Bill s'arrêter devant la maison. Je crois que Maureen était déjà couchée, et je me suis demandé si elle avait pris un des cachets que j'avais découverts dans le tiroir de sa table de chevet en y faisant le ménage dans l'après-midi. Je n'y connaissais rien, mais puisqu'elle les gardait là, j'ai imaginé que c'étaient des somnifères.

Dans les jours qui ont suivi, je n'ai pas vu venir le drame qui pourtant s'annonçait. Nick avait téléphoné pour prendre de nos nouvelles et nous annoncer que tout baignait pour lui. Je ne lui avais parlé que quelques minutes, mais cela m'avait suffi pour deviner qu'il ne me disait pas toute la vérité. Il y avait dans sa voix une hésitation, parfois même un léger bégaiement, qui m'a amenée à penser que tout n'allait pas si bien de son côté. Dans la maison, Bill était de plus en plus gentil avec moi. Un soir, nous avons parlé de mon pays, qu'il connaissait un peu pour y avoir dirigé une mission de son église quelques années auparavant. Il était resté là-bas pendant un mois et me disait avoir gardé de ce séjour un souvenir ému. Puisque Maureen ne l'avait pas accompagné, elle est demeurée à l'écart de notre conversation, se contentant de l'écouter décrire les villes qu'il avait traversées et que je ne connaissais pas toutes, n'ayant jamais moi-même fait le tour de mon pays. Visiblement, il était heureux de parler de ça avec moi et il m'a même laissé entendre que je pourrais me joindre à eux si jamais ils décidaient de retourner là-bas. Je n'avais aucune envie de rentrer chez moi, mais son invitation m'a ravie, car c'était comme s'il venait enfin d'accepter le fait que j'étais là, dans sa maison. Puis plus les jours passaient, plus Bill rentrait tôt à la maison. Après le dîner, il se servait un verre de scotch et nous convoquait au salon, Ludo et moi, pour soi-disant discuter de tout et de rien, mais il en profitait chaque fois pour nous offrir un cours d'éducation religieuse. Il connaissait la Bible par cœur, était capable d'en citer de longs extraits et de les interpréter pour nous. La lutte entre le bien et le mal — mal qu'il voyait partout autour de nous — occupait une grande place de la vaste étendue de ses préoccupations, tout comme le Jugement dernier et la rémission des péchés. Il pouvait passer une heure à nous parler de la faiblesse de l'homme, de la facilité avec laquelle Satan lui offrait tous les fruits défendus de la Terre. Ludo le regardait avec ses grands yeux ronds, étrangement attentif même s'il ne comprenait pas le quart de ce que Bill nous racontait. Sans doute était-il fasciné par le timbre de sa voix, grave mais qui savait s'emporter quand le sujet l'exigeait. C'était presque de la musique, et Ludo semblait sensible aux harmonies qu'il entendait. Bill aurait aimé que nous les accompagnions, Maureen et lui, à l'office qu'il présidait tous les dimanches, mais c'était trop risqué pour nous, vu notre statut. C'est du moins ce qu'il a prétendu le soir où Maureen a évoqué cette possibilité. J'en ai profité pour lui demander conseil et essayer de comprendre par où je devais commencer mes démarches pour régulariser notre situation. Il a regardé Maureen un instant, puis il m'a dit qu'il était encore trop tôt pour m'y mettre. Maureen ne semblait pas d'accord, mais elle s'est contentée de monter à sa chambre.

Sans que ce soient de réelles prises de bec, il arrivait de plus en plus souvent que Bill et Maureen se boudent. Ils n'élevaient jamais la voix, n'émettaient jamais d'objections claires à ce que l'autre venait de dire, mais nous sentions que le courant ne passait pas toujours bien. Et j'ai compris que je n'étais pas étrangère à cette situation quand, un soir, Bill m'a proposé d'aller marcher avec lui sur le terrain. Ludo s'était endormi, et Maureen avait pris, je crois, un cachet. Je ne savais pas s'il était convenable que j'accepte l'invitation de Bill, mais comme je ne voulais pas lui déplaire, de crainte qu'ils nous jettent à la rue, Ludo et moi, je l'ai suivi jusqu'à l'allée, où nous nous sommes engagés lentement sous les étoiles d'un ciel éclairé par une lune ronde et lumineuse. Bill m'a d'abord parlé de Maureen et de sa tristesse de n'avoir jamais eu d'enfants. Lui, il avait ses fidèles, disait-il, dont il avait la charge comme un bon père de famille. Cela le gardait occupé et lui donnait une raison de vivre. Mais Maureen ne s'était jamais résignée à cette affliction, et son amour pour son mari s'était lentement transformé en une forme d'amitié platonique. Or le corps de l'homme accumule des tensions qui ont besoin d'être parfois soulagées, a-t-il poursuivi, et je voyais bien où il s'en allait avec cette conversation. J'aurais voulu lui dire de se taire, qu'il n'avait rien à espérer de mon côté, que je n'avais pas besoin d'un homme dans ma vie, ne serait-ce que ponctuellement. Mais j'avais peur de l'indisposer et l'ai laissé poursuivre sur sa lancée. Il m'a parlé du corps des femmes, de sa beauté et de ses charmes, de l'appel qu'il lance sans le vouloir à l'homme dont la chair est si faible, si malléable… La femme dispose de ce pouvoir de séduction qui subjugue et soumet celui qu'elle aura choisi. Je me suis éloignée d'un pas et lui ai proposé de rebrousser chemin. Il s'est arrêté et m'a tendu la main. Je ne savais pas comment réagir. Il a deviné mon malaise et s'est excusé aussitôt de m'avoir offensée. J'ai tenté de le rassurer et lui ai promis que je ne retiendrais rien de cette discussion. Il a souri et il m'a remerciée. Puis nous sommes rentrés à la maison. Nous nous sommes souhaité une bonne nuit comme si rien ne s'était passé et nous avons gagné nos chambres respectives. Je me suis déshabillée, j'ai enfilé ma robe de nuit et je me suis étendue en me rejouant la scène que je venais de vivre à l'extérieur. J'ai mis du temps à m'endormir, car je jonglais avec les nouvelles images que j'avais de Bill. Il m'apparaissait évident qu'il trompait sa femme, sans doute depuis plusieurs années déjà, et que Maureen le savait et s'en accommodait tant bien que mal. Mais je ne voulais surtout pas qu'elle me croie capable de jouer le jeu de son mari sous son propre toit.

Les semaines ont passé et Bill s'est remis à rentrer de plus en plus tard. Nous étions pour ainsi dire sortis de sa vie, Ludo et moi, et plus jamais il ne nous a convoqués au salon pour l'une de ses conférences bibliques. Maureen et moi étions devenues presque des amies — qu'elle avait peu nombreuses, si ce n'est une certaine Maggie à qui elle téléphonait de temps à autre pour donner de ses nouvelles et papoter un peu. Une ou deux fois par semaine, elle revenait du centre commercial avec une surprise pour Ludo, un chandail de footballeur ou un jouet pour le jardin. Un jour, elle a crié mon nom de l'entrée de la maison pour que j'aille lui prêter main-forte. Il y avait dans le coffre arrière de sa voiture une boîte immense. Je n'ai pas réussi à retenir ma joie et mon étonnement quand je me suis rendu compte qu'il s'agissait de ce dont Ludo rêvait depuis qu'il en avait vu la publicité à la télévision : un tricycle dont la roue avant était surdimensionnée, ce qui lui garantissait une stabilité à toute épreuve. Nous avons sorti la boîte et l'avons portée jusqu'au salon. Puis Maureen a appelé Ludo, qui s'était installé dans notre chambre pour dessiner. J'ai caché ma bouche avec ma main, plus énervée que si ce jouet m'avait été destiné. Quand Ludo est apparu, Maureen lui a demandé de fermer les yeux puis elle l'a conduit devant la boîte, qu'il s'est mis à tapoter comme un enfant aveugle.

— C'est pour moi ? a-t-il demandé naïvement.

— Bien sûr que c'est pour toi, a répondu Maureen, visiblement fière d'elle, mais tu dois deviner ce que c'est.

— C'est une boîte, a tout de suite conclu Ludo, ce sur quoi nous avons pouffé de rire.

— Tu peux l'ouvrir… allez, vas-y !

Respectueux des consignes comme à son habitude, Ludo s'est aussitôt attelé à la tâche. Il a d'abord soulevé un côté de la boîte et y a enfoncé la main pour y tâter l'emballage intérieur. Puis il a écarté les panneaux et c'est à ce moment qu'il a compris qu'il tenait en fait le guidon d'un RipeRider tout neuf. Il n'a pas pu s'empêcher d'ouvrir alors les yeux, puis il m'a regardée comme pour s'assurer que tout cela était vrai, que c'était pour lui que Maureen avait acheté ce tricycle. J'ai hoché la tête, et il s'est mis à sauter sur place. Maureen a applaudi tellement le spectacle de la joie de mon fils la comblait de bonheur. Nous l'avons aidé à extirper le jouet de son carcan et nous nous sommes tous les trois dirigés vers le jardin. Ludo s'est assis sur son engin dont la roue avant, énorme, était munie de deux pédales vert fluo et il s'est élancé aussitôt, parti dans un monde qui ne nous était plus accessible. Il a tourné autour de la piscine, puis a demandé s'il pouvait rouler dans l'allée de terre battue. Comme la grille empêchait qu'il se rende jusqu'à la route, nous lui avons permis d'aller là où il le voulait sur le terrain. Il s'est aussitôt éclipsé, et je crois avoir remercié Maureen au moins cinq fois. Même si elle jouait à celle pour qui cela n'est rien, je la sentais fière du bonheur qu'elle venait d'offrir à mon fils.

— Les enfants, il faut que ça bouge, a-t-elle dit. Il ne peut pas rester enfermé ici toute la journée.

Elle est retournée à sa voiture pour y prendre le reste de ses courses — des vêtements qu'elle est allée suspendre dans la garde-robe de sa chambre — puis elle m'a rejointe à la cuisine.

— Ça, c'est pour vous ! a-t-elle clamé dans mon dos.

Je me suis tournée. Elle tenait devant elle une robe d'été magnifique. Le tissu, d'un bleu turquoise qui m'a rappelé la mer de mon pays, était piqueté de petites fleurs si ravissantes qu'elles m'ont semblé réelles. Je me suis approchée lentement, en essuyant mes mains dans mon tablier, incapable encore de m'imaginer dans une si jolie tenue.

— Vous voulez me faire plaisir ? Allez l'essayer. J'ai déposé une paire de souliers au pied de votre lit. J'espère qu'ils vous iront.

Je n'osais plus avancer ni toucher la robe de mes mains salies par le travail. Maureen souriait tristement, comme une mère qui va marier sa fille.

— Venez, Lonie, je monte avec vous, finit-elle par dire avant de s'engager dans l'escalier.

Je l'ai suivie jusqu'à ma chambre. Elle a étendu la robe sur le lit, m'a regardée d'une drôle de manière, puis elle est sortie.

— Je vous attends au salon. Dépêchez-vous, j'ai hâte de voir si j'ai choisi la bonne taille.

J'ai refermé derrière elle puis j'ai soulevé la robe devant moi. Je ne savais pas si je devais accepter que Maureen m'offre de tels présents. Cela nous inscrivait dans une dynamique si particulière que je m'en trouvais gênée, embarrassée. Cette femme m'avait accueillie chez elle à la demande de son frère. Comme je n'étais pas dupe, j'avais vite compris qu'elle avait trouvé là une manière de se payer une employée domestique à peu de frais puisque je ne lui coûtais que le prix d'un maigre salaire et celui des repas que nous prenions, Ludo et moi. Mais la situation me convenait. Bien sûr, j'avais hâte de pouvoir sortir de cette maison pour aller en ville avec mon fils et lui offrir une glace ou une nouvelle paire de chaussures. Mais pour l'heure, je devais me contenter de cette vie somme toute agréable. Nous étions en sécurité, mon fils et moi, nous pouvions manger à notre faim et dormions dans un lit confortable. Plusieurs des habitants de mon pays n'auraient jamais accès à cela. Et Maureen demeurait une patronne polie et respectueuse. Pour tout dire, j'aurais préféré que rien ne bouge, alors que Maureen semblait vouloir se rapprocher de moi davantage. Parfois, au détour d'une conversation anodine, elle glissait une confidence qui me mettait mal à l'aise. Elle me parlait de sa jeunesse et des copains de son frère qu'elle draguait pour s'amuser, profitant de l'attraction qu'exercent les filles plus âgées sur les garçons à peine pubères. Elle n'avait que des mauvais mots pour son père décédé dont nous avions occupé le chalet, un homme autoritaire qui n'en avait que pour son fils à qui, par vanité, il avait donné son prénom. Aussi l'avait-il toujours appelé Junior même s'il savait que Nicky détestait ça. Un soir, au moment où nous allions dormir, Maureen m'a appelée dans sa chambre. Je suis restée debout, près de la porte, les mains jointes sur mon ventre. Elle m'a priée de m'asseoir près d'elle, sur le lit. Je n'aimais pas ce genre de promiscuité entre femmes. Je n'avais pas de sœur, et ma mère n'avait pas été très affectueuse avec moi, aussi n'avais-je pas été habituée à me frotter au corps des femmes, si ce n'est celui de ma cousine Liana, dont le souvenir m'a rembrunie aussitôt. Qu'était-elle devenue ? Si Nick disait vrai, peut-être qu'elle dansait nue dans un des trous à rats de l'Amérique ou qu'elle se prostituait dans l'un de ses bordels ? Maureen me la fit oublier en s'approchant de moi. Cuisse contre cuisse, nous avions l'air de deux amies de dortoir dans un quelconque pensionnat.

— Je vais vous demander de me répondre franchement, Lonie.

Déjà la gravité de cette introduction m'a inquiétée. Maureen avait baissé le ton et sa voix n'était plus qu'un murmure à peine soufflé entre nous. Mon esprit s'est emballé et je me suis imaginé toutes sortes de choses jusqu'à ce qu'elle lâche le morceau.

— Mon mari vous a-t-il déjà fait des avances ? a-t-elle demandé en me regardant dans les yeux.

Surprise par sa question, j'ai cherché le moyen de me dérober, mais j'ai tout de suite senti que je ne pourrais pas me soustraire à l'intensité de son regard. Aussi ai-je choisi de lui dire la vérité. Je lui ai parlé de notre sortie sous les étoiles et des allusions de son mari, qui n'en étaient peut-être pas après tout. Peut-être avait-il tout simplement voulu être gentil avec moi. Maureen a salué ma prudence et mon tact. Elle avait compris que je ne voulais pas salir la réputation de son mari tout en ne lui cachant rien de ce qui s'était produit.

— Je vous jure que par la suite votre mari n'a jamais dit ou fait quoi que ce soit de déplacé devant moi, ai-je ajouté pour la rassurer.

Mais cela n'a pas semblé l'apaiser. Elle m'a remerciée pour ma franchise et m'a souhaité une bonne nuit. C'était une manière polie de me donner mon congé, et j'ai eu peur qu'elle nous demande de partir, Ludo et moi. Mais le lendemain, tout s'est déroulé comme si cette discussion n'avait jamais eu lieu. Sauf que Maureen s'est mise à me considérer autrement, à m'accorder une attention plus soutenue, s'informant parfois de mes états d'âme et de ma vision de mon avenir et de celui de mon fils. Nous avions des discussions parfois longues sur la vie que nous avions eue et celle dont nous rêvions. J'ai découvert avec une certaine stupéfaction que cette femme, qui était née et avait grandi dans le pays le plus riche du monde, qui n'avait manqué de rien et qui vivait maintenant dans un palace sans jamais se soucier de savoir si elle allait un jour manquer d'argent pour se nourrir ou se loger, que cette femme pour qui la vie avait tenu ses promesses les plus audacieuses, était au bord de la dépression. Cela m'a incitée à en prendre soin par de petites attentions qu'elle a sans doute fini par associer à des marques d'amitié.

Avec les cadeaux que Maureen venait de nous offrir, cette amitié avait franchi une nouvelle étape. Je me suis déshabillée et j'ai enfilé la robe fleurie, qui épousait mon corps comme si elle avait été confectionnée sur mesure.

Mes pieds larges ont eu du mal à s'insérer dans les chaussures que Maureen avait posées près du lit, mais je les ai forcées un peu. Je suis sortie de la chambre et suis allée me regarder dans la glace de la salle de bain. Il y avait longtemps que je ne m'étais trouvée si coquette. J'ai recoiffé mes cheveux d'une main agile et je me suis souri, surprise et satisfaite de me trouver jolie. Quand je suis apparue dans le salon, Maureen s'est levée d'un bond et a plaqué ses mains sur ses joues.

— Oh mon Dieu ! Mais vous êtes magnifique, Lonie ! Si... resplendissante.

Elle me mettait à la gêne et j'ai eu envie de fuir, mais elle me tendait déjà la main.

— Venez, venez, je veux vous voir marcher.

J'ai esquissé quelques pas vers elle, puis j'ai tourné sur moi-même pour qu'elle me voie sous tous les angles.

— Vous la porterez quand nous irons faire les courses ensemble. Nous aurons l'air de deux amies en vadrouille, a-t-elle ajouté, presque excitée.

Je n'ai pas réagi à cette invitation déguisée, parce que je ne savais pas s'il s'agissait d'une réelle ouverture ou simplement d'un souhait qu'elle avait exprimé sans réfléchir. J'ai remercié Maureen pour la robe et lui ai promis d'en prendre soin. Puis je suis remontée me changer et me suis remise au ménage. Maureen s'est installée dans le jardin, puis Ludo est venu tourner autour d'elle avec son bolide. Son imitation d'un bruit de motocyclette a semblé l'amuser et elle l'a encouragé à pédaler encore plus vite. Il a tourné une ou deux fois autour de sa chaise puis il est reparti vers l'allée de terre battue.

Quand Bill est rentré du boulot, ce soir-là, Maureen l'attendait au salon, un verre de scotch à la main, elle qui ne buvait jamais. Je la voyais de la cuisine enfiler les gorgées, son corps s'avachissant de plus en plus. Elle était pratiquement ivre quand Bill l'a découverte, étendue sur le divan, son verre appuyé sur son ventre. La décence aurait commandé que je monte à ma chambre, mais je n'ai pas pu m'empêcher de regarder le spectacle qui allait se jouer devant mes yeux. Bill a retiré sa veste. J'étais trop loin pour discerner ce qu'il disait à sa femme, mais je voyais bien qu'il essayait de la convaincre de se lever. Puis j'ai entendu Maureen lui demander pourquoi il rentrait toujours si tard. Elle a répété sa question en élevant le ton, puis elle s'est mise à lui crier les insultes qu'elle avait ruminées toute la soirée. Elle lui reprochait ses absences, sans doute dues à ses infidélités. Combien avait-il de maîtresses ? Deux ? Trois ? Bill essayait de la raisonner.

— Tu délires, Maureen. Viens te coucher, on reparlera de tout ça demain.

Mais elle ne décolérait pas et déversait sur lui tout un chargement de récriminations. Je sentais que c'était une première pour elle tellement Bill avait l'air désemparé. Croyant la calmer, il lui a ordonné de se la fermer, ce qui l'a plutôt déchaînée. Elle s'est levée d'un bond puis a foncé vers lui en le traitant de petit dictateur. Puis elle a lancé mon nom, ce qui m'a secouée.

— Et Lonie, hein ? Qu'est-ce que tu comptes faire pour l'aider, hein ? Tu l'empêches de sortir parce que tu ne veux pas que les gens sachent que tu gardes une immigrante illégale sous ton toit. Parce que tu veux pouvoir continuer à l'exploiter. Je t'ai dit cent fois que je n'étais pas d'accord. L'esclavage a été aboli dans ce pays il y a deux cents ans, et ne me dis pas que cette femme n'est pas de notre pays. Qu'est-ce que tu attends pour utiliser tes contacts au ministère de l'Immigration ? Comment il s'appelle déjà, le chauve bedonnant qui te considère comme son frère chaque fois qu'il me parle de toi à l'office ? Travis, Travis Furguson. Il est à l'Immigration, non ? Alors, démène-toi, Bill, pour que je me débarrasse de l'image que j'ai de toi ces temps-ci. Et t'avise surtout pas de la draguer, je te préviens, Bill…

Elle allait ajouter quelque chose quand, se ravisant, elle baissa la tête et souffla bruyamment. Je croyais que tout était terminé, que l'orage était passé, mais Maureen a relevé la tête et a planté ses yeux dans ceux de son mari avant de lui siffler une dernière insulte. Je n'ai pas entendu ce qu'elle a dit, mais le coup a porté si fort que Bill, dans un réflexe, l'a giflée sans retenue. Maureen a encaissé, puis elle a porté une main à sa joue rougie. Sans le quitter des yeux, elle a souri tristement, puis elle est montée à l'étage. Bill a soufflé deux ou trois jurons, il a défait sa cravate puis il s'est servi un verre de scotch avant de s'affaler à son tour sur le divan. Je me suis faite souris et suis montée dans ma chambre sur la pointe des pieds sans que ni l'un ni l'autre ne s'aperçoive que j'avais assisté à la scène. Je me suis endormie tard cette nuit-là, inquiète pour eux de ce qui allait advenir, mais sans me douter du rôle que j'allais jouer dans la suite des événements.

6.

Le lendemain matin, Bill s'est éclipsé avant même que je me sois levée pour aller préparer le petit-déjeuner. J'ai entendu sa voiture découper le silence en s'engageant dans l'allée. J'aurais voulu me rendormir, mais, convaincue que je n'y arriverais pas, je suis sortie du lit et suis allée faire ma toilette dans la salle de bain. Au moment où je regagnais ma chambre, Maureen est apparue dans le couloir, les yeux cernés mais souriante.

— Bonjour, Lonie ! Je suis heureuse de vous voir debout de si bonne heure. Nous avons une grosse journée devant nous, a-t-elle annoncé. Je vous rejoins dans la cuisine dans dix minutes, je dois vous parler, a-t-elle ajouté avant de s'enfermer à son tour dans la salle de bain.

Je suis allée m'habiller et suis descendue à la cuisine pour y préparer une omelette aux épinards, le petit-déjeuner préféré de Maureen. Je sentais qu'elle allait avoir besoin de réconfort et me doutais bien de ce qu'elle voulait me raconter. Elle est arrivée dans la cuisine déjà tout habillée, ce qui n'était pas son habitude, et s'est précipitée vers la cuisinière pour prendre la relève.

— Laissez-moi m'occuper de ça, a-t-elle dit en piquant l'omelette de sa fourchette, et allez réveiller le petit. Mettez-lui des vêtements propres et bouclez vos bagages.

Cette dernière consigne m'a clouée sur place. Je n'avais pas imaginé que sa dispute de la veille avec Bill l'amènerait à nous mettre à la porte. Pourtant, je comprenais la logique de son raisonnement. Elle avait l'impression que notre présence chez elle lui occasionnait davantage de problèmes que nous pouvions lui rendre de services. Mais la légèreté avec laquelle elle semblait prendre la situation m'a sidérée. J'allais lui demander des explications quand elle a insisté.

— Allez, allez ! Je m'occupe de préparer les assiettes.

— J'aimerais savoir ce qui se passe, ai-je osé.

— On part en vacances ! a lancé Maureen en me souriant. À la mer, le petit va adorer.

J'ai froncé les sourcils, incrédule. Elle m'a chassée de la main. Je suis montée à l'étage, j'ai réveillé Ludo, qui a rechigné un peu, puis je lui ai dit de se presser, que nous partions. Il s'est aussitôt mis à pleurer parce qu'il se plaisait bien dans cette maison et ne voulait pas la quitter. Je lui ai parlé du projet de Maureen et il a fini par cesser de pleurer.

— Des vacances ? C'est quoi des vacances ?

— Un petit voyage… On prend la route et on visite des villes qu'on ne connaît pas.

— Pourquoi ?

— Pour voir autre chose et pour s'amuser.

Je ne sais pas s'il a compris ce que j'essayais de lui expliquer, mais il a semblé satisfait de mes éclaircissements. Il a foncé vers la salle de bain puis en est revenu en courant après s'être rafraîchi à la serviette. Nous nous sommes habillés en vitesse et j'ai rempli ma valise de nos effets personnels sans savoir si nous remettrions un jour les pieds dans cette maison. Avant de quitter la pièce, j'en ai fait le tour du regard. Il y avait trois mois que nous nous y étions installés, et c'était devenu un peu chez moi. Je me sentais comme le papillon qui s'extirpe de son cocon pour continuer de vivre sa vie. Il a été chenille et se mettra à voler, et moi, j'ai cherché mes ailes un moment avant de m'engager dans l'escalier en tenant mon fils par la main. Ma valise était lourde et j'ai dû laisser Ludo prendre les devants pour la soulever à deux mains. Quand j'ai atteint la cuisine, Maureen déposait une omelette devant mon fils déjà assis, sa fourchette à la main. J'ai pris place près de lui et Maureen nous a rejoints avec nos deux assiettes. Nous avons mangé en parlant de la journée magnifique qui s'annonçait. Le soleil régnait sans partage sur le ciel azuré, et une brise nourrie de la rosée rafraîchissait le temps. Pendant que je rangeais et faisais la vaisselle, Maureen est allée sortir la voiture du garage et l'a garée devant la maison. Elle a elle-même porté ma valise jusque dans le coffre arrière du véhicule, y ajoutant un sac bourré de ses effets personnels, puis elle est venue chercher Ludo, qui a pris sans hésitation la main qu'elle lui tendait, pour le conduire à la voiture. Je trouvais ce départ plutôt précipité, comme si nous devions partir au plus vite sans que je comprenne pourquoi. Maureen a crié mon nom de l'extérieur, et je me suis lancée vers la sortie pour ne pas la faire attendre. Elle a verrouillé la porte derrière moi, a agité les clés comme s'il s'agissait d'une clochette et a salué sa maison telle une amie qu'elle n'allait pas revoir de sitôt. Installé sur la banquette arrière avec une couverture et un oreiller, Ludo s'était déjà étendu. Je suis montée à l'avant en même temps que Maureen, qui a mis le moteur en marche et a lancé la voiture dans l'allée. La grille s'est ouverte sur notre avenir, et Maureen, redevenue gamine, a crié sa joie de partir avec nous.

— Vous êtes ma Neal Cassady, m'a dit Maureen sans que je saisisse à qui elle faisait référence. Cassady, l'ami de Jack Kerouac dans *Sur la route*.

Je ne voyais pas de quoi elle me parlait. Aussi s'est-elle mise à me résumer le roman de Kerouac, qu'elle avait lu au collège.

— Dans mes années folles… avant que je rencontre Bill.

L'évocation de son mari l'a aussitôt fait entrer dans un état de prostration, et j'ai bien vu qu'elle se retenait de pleurer. Puis elle s'est secouée et m'a souri.

— Il n'a pas toujours été comme ça, vous savez. Je veux dire, si occupé… Quand nous nous sommes connus, il était détendu, joyeux, affectueux… Amusant. Cela vous surprend ?

Je ne connaissais pas assez Bill pour me prononcer. Aussi l'ai-je laissée parler. Elle est revenue sur sa jeunesse, puis sur sa période hippie, l'amour universel et tout et tout. Et Bill qui rêvait de changer le monde, déjà charismatique avec ses cheveux longs et sa voix d'annonceur de radio. La lumière du matin brillait dans les yeux de Maureen quand elle m'a raconté à mots couverts la première nuit passée avec Bill dans la maison d'été de ses parents. Bill venait d'une famille aisée dont il squattait le chalet parce qu'il était trop en froid avec son père pour lui en demander la clé. À la nuit étoilée avait succédé un orage violent qui les avait amenés à se coller l'un contre l'autre. Puis la nature avait fait le reste.

J'ai écouté son histoire avec une gêne mêlée de curiosité. Maureen était en train d'ouvrir devant moi le grand livre de sa vie sans rien demander en retour, et cela me convenait parfaitement, car sans doute n'aurais-je pas pu lui raconter mon premier baiser et lui parler des mains calleuses de Mauricio, notre voisin de dix ans mon aîné, qui me les avait mises entre les cuisses avant de me montrer à quoi servait l'engin qu'il trimbalait entre ses jambes. Cet épisode n'avait rien de romantique et je gardais un souvenir plutôt amer de mes premiers ébats. J'étais donc heureuse dans mon rôle d'auditrice. Ludo s'était endormi, et Maureen n'hésitait pas à pimenter son récit de quelques expressions graveleuses qui nous faisaient rire toutes les deux.

Nous roulions sur une route à deux voies où nous ne rencontrions que des camions de livraison. Le soleil montait lentement dans le pare-brise de la voiture dont nous avions ouvert les fenêtres latérales. Selon Maureen, la mer était à quatre heures de route devant nous. Nous avons dû nous arrêter à une station-service pour mettre de l'essence, et pendant que le pompiste faisait le plein, j'ai demandé à Maureen si elle avait prévenu Bill de notre départ.

— Je lui ai laissé un mot sur mon oreiller. Ne vous inquiétez pas, il comprendra.

Le pompiste a accepté avec un large sourire le pourboire qu'elle lui a laissé, et j'ai vu quand elle a rouvert son sac qu'il était rempli de billets de banque.

— Nous avons de quoi tenir quelques semaines, a balancé Maureen devant mon regard étonné avant de refermer son sac.

C'est à ce moment que j'ai compris que nous étions en cavale.

7.

Depuis mon arrivée dans mon nouveau pays, j'avais téléphoné à mon père trois fois pour lui donner des nouvelles. Je ne lui racontais pas tout, mais je tentais de le rassurer de mon mieux. Je réussissais toujours à le joindre par l'épicier, un des rares habitants de mon coin de pays à avoir le divin appareil. La compagnie des télécommunications avait bien installé un téléphone public près de l'arrêt du car, mais celui-ci n'avait jamais été branché au réseau. Aussi, quand nous nous sommes installés dans l'appartement que Maureen avait loué pour nous à l'île des Palmiers, j'ai tout de suite remarqué le téléphone et j'ai pensé à mon père. J'ai demandé à Maureen la permission de téléphoner.

— Vous êtes libre de faire ce que vous voulez, a-t-elle lancé avec un geste de désinvolture. Il n'y a plus ni patronne ni employée. Nous sommes ici en amies.

Après que l'épicier eut envoyé son fils le quérir chez lui, mon père s'est emparé du combiné et a crié, comme à son habitude.

— Lonie, c'est toi ?

— C'est moi, oui. Comment vas-tu ?

— Essoufflé… j'ai couru un peu.

— Sois prudent, à ton âge…

— Eh ! Je suis pas si vieux. Parle-moi de Ludo.

— Ludo est en train de se changer pour aller nager.

— Nager ? Où ça ?

— À la mer. Je te raconterai.

— Et Liana ? T'as des nouvelles de Liana ?

Sa question m'a coupé la voix. Je pensais à ma cousine tous les jours, mais je ne voyais pas comment j'aurais pu la retrouver.

— Ta tante s'inquiète pour elle, a ajouté mon père. Elle ne donne jamais de nouvelles. Tu sais où elle est ?

Je n'arrivais pas à lui dire la vérité quand il m'en parlait, aussi ai-je continué à mentir.

— On raconte ici qu'elle est membre d'une troupe…

Mon père a réfléchi un instant avant de me demander de quel genre de troupe je voulais parler.

— Je sais pas… un spectacle ambulant qui passe de ville en ville.

— Et qu'est-ce qu'elle y fait, dans cette troupe ?

J'ai hésité un moment. Ma cousine était la fille la plus gentille de la Terre, mais on ne lui connaissait aucun talent particulier, sinon la couture, qu'elle avait apprise de sa mère.

— Elle fabrique des costumes, ai-je fini par inventer.

— Eh bien, si tu la vois, tu lui dis d'appeler sa mère pour la rassurer.

— J'y manquerai pas, papa.

Puis nous avons parlé de mes découvertes dans mon nouveau pays, et j'ai dû improviser quelques mensonges supplémentaires pour ne pas l'inquiéter. Au bout d'un moment, je lui ai dit que le travail m'appelait et que je devais raccrocher.

— Oui, vas-y ! Faut pas te mettre en retard à cause de moi.

Nous nous sommes salués puis j'ai coupé la liaison en appuyant sur le commutateur avec mon index. Maureen était à la cuisine, Ludo passait son maillot dans la salle de bain. Par la fenêtre, je voyais le bleu-vert de la mer à travers mes larmes, que je n'arrivais pas à contenir. J'aurais aimé, à ce moment précis, embrasser la joue ridée de mon père, sentir l'odeur de son corps moite, regagner sa maison avec lui par la rue cabossée qui serpente dans la colline. Je me serais faite toute petite, comme si Ludo avait été mon frère plutôt que mon fils, et j'aurais ouvert les yeux si grand que ma terre natale tout entière y serait entrée. Comme ça, en revenant ici, je l'aurais portée avec moi. Alors que maintenant, j'avais l'impression de la perdre, qu'elle s'effaçait lentement de mes souvenirs. Mes larmes se nourrissaient aussi du beau visage de ma cousine, que je revoyais comme dans un rêve. Ses yeux marron m'accusaient d'avoir menti à mon père, même si je n'étais pas capable de l'imaginer autrement que souriante. Puis Maureen est apparue, un verre à la main, ébouriffant de l'autre ses cheveux qu'elle avait détachés. Elle a levé son verre comme pour trinquer avec la mer puis elle a avalé une longue gorgée de son alcool.

— Vous avez un maillot ? a-t-elle demandé.

Chez moi, les femmes se baignaient en short et en T-shirt, et comme la mer était loin de la maison, nous n'y allions pas souvent.

— J'ai vu une boutique tout près, nous allons fêter ça en nous en offrant un tout neuf toutes les deux, ça vous va ?

— Qu'est-ce qu'on va fêter au juste ? ai-je demandé sur un ton amusé.

Elle s'est approchée de moi et a levé son verre de nouveau.

— Notre libération ! a-t-elle lancé avec un enthousiasme qui cachait mal son malaise.

Elle a vidé son verre et Ludo nous a rejointes, prêt pour la plage et les vagues bouillonnantes de l'océan. Nous sommes descendus dans la rue, qui longeait la mer à perte de vue, puis nous avons fait nos courses comme deux starlettes en vacances. Pour chaque achat, Maureen sortait de son sac sa carte magique, ce qui m'a fait penser que Bill allait se retrouver avec une facture plutôt salée. Je me suis amusée un instant du jeu de mots (*Bill with a bill*), puis j'ai chassé le mari de Maureen de mon esprit.

À peine étions-nous arrivés sur la plage que nous avons couru vers l'eau. Nous tenions toutes les deux Ludo par la main et nous l'avons soulevé pour qu'il saute une vague. Il riait si fort que Maureen l'a pris dans ses bras pour le faire tourner au-dessus des vagues suivantes. Restée en retrait, je me suis surprise à m'émouvoir de la scène. Cette femme qui n'avait pas eu d'enfant prenait sa revanche avec le mien, et j'étais heureuse de lui offrir ce cadeau que tout son argent n'aurait pas pu lui procurer. J'avais l'impression que notre échange était équitable. Nous nous rendions du bonheur chacune à notre façon, et il n'y avait personne pour nous demander des comptes.

Quand nous sommes rentrés à l'appartement, Maureen s'est servi un autre verre, et cela m'a tout de suite inquiétée. Je l'avais vue boire le soir de son accrochage avec Bill, et cela n'avait pas donné de très bons résultats. Or depuis que nous avions posé nos valises dans cet appartement, elle avait bu pratiquement une bouteille à elle toute seule. Je n'allais pas lui en faire la remarque puisque cela ne me regardait pas, mais je voyais son comportement changer. Elle était plus détendue, moins coincée, s'amusait de tout, mais plus le temps avançait, plus elle mâchait ses mots. Même Ludo s'en était aperçu et se tenait loin d'elle. Elle a fini par s'étendre sur la chaise longue du balcon puis elle s'est endormie. Nous n'avions pas encore dîné, et il n'y avait rien dans le frigo. Ludo avait faim, et il me le répétait sans cesse. Mais je ne savais pas quoi lui répondre, sinon qu'il fallait que nous attendions que Maureen se réveille. Elle a fini par se tourner vers nous et elle a allongé le bras.

— Prenez des sous dans mon sac et allez manger, il y a un casse-croûte au coin de la rue.

— Vous ne voulez pas venir avec nous ? ai-je proposé en la rejoignant sur le balcon, que le soleil découpait de biais.

— Plus tard peut-être. Allez-y, le petit a faim.

Nous sommes donc descendus dans la rue, Ludo et moi, et nous nous sommes offert des hamburgers et des frites au Boardwalk Food, une cantine proprette peinte en rose et bleu et tenue par une femme rondelette qui s'est amusée de notre accent. Je constatais d'ailleurs à ce sujet un changement de plus en plus marqué dans la manière de parler de mon fils, qui épousait avec un naturel désarmant les tournures de phrases et la prononciation américaine tandis que je restais engluée dans mes vieilles habitudes.

De retour à l'appartement, nous avons trouvé Maureen à la cuisine. Elle venait de prendre une douche et allait se servir un verre quand Ludo lui a demandé naïvement pourquoi elle buvait tout le temps. Elle lui a souri, m'a regardée un instant, puis j'ai vu passer un nuage de désespoir dans ses yeux vitreux. Elle a déposé la bouteille sur le comptoir, a toisé son verre vide puis elle s'est retirée au salon sans rien boire. Sentant qu'il avait mal agi, mais ne comprenant pas pourquoi sa question avait créé un tel malaise, Ludo a levé les yeux vers moi. J'ai caressé ses cheveux crépus et lui ai dit de ne pas s'inquiéter. Puis nous avons rejoint Maureen, qui nous a promis une surprise pour le lendemain. Nous avons bien tenté de la faire parler, mais sans résultat.

Une fois Ludo endormi, nous avons passé la soirée sur le balcon, elle et moi, et n'avons discuté que de choses anodines, jusqu'à ce que je lui demande ce qu'elle comptait faire avec Bill. Elle s'est d'abord renfrognée, en agitant la main comme si elle voulait chasser un moustique. Puis, après une longue pause, elle a dit que c'était terminé, qu'elle ne rentrerait pas à la maison, qu'elle ne savait pas de quoi sa vie serait constituée, mais qu'elle ne se déroulerait plus de cette manière. Elle avait trente-huit ans, n'avait jamais travaillé, au cours des quinze dernières années, que bénévolement pour des organisations caritatives. Alors, elle allait faire comme tout le monde, se chercher du travail, louer un appartement, se trouver de nouveaux amis et vivre enfin sa vie.

— Bill va devoir me payer une pension alimentaire, mais je ne veux pas compter que là-dessus.

Cette notion de « pension alimentaire » m'échappait, mais je ne l'ai pas laissé voir. Sans doute Bill s'était-il engagé à lui fournir de la nourriture d'une manière ou d'une autre. Maureen avait l'air d'une femme qui ne reviendrait pas sur sa décision même si celle-ci n'était pas facile à prendre.

— Et vous, Lonie, comment voyez-vous votre avenir ?

Sa question m'a secouée, parce que je n'ai pas su quoi répondre. Je me serais moi aussi engagée comme elle dans la recherche d'un travail et d'un appartement pour pouvoir inscrire Ludo à l'école l'année suivante, mais je ne savais pas si ce projet était réaliste. Je n'avais aucun papier qui me permettrait de trouver un emploi intéressant et ne savais pas comment aborder le problème. J'avais peur que, si je me présentais à l'Immigration, on me force à retourner dans mon pays. Maureen a promis de s'informer pour moi et de m'accompagner dans mes démarches.

— S'il faut que je me porte garante de vous, je le ferai sans hésiter. Je ne peux pas croire que mon pays ne soit pas capable de vous accueillir, Ludo et vous. Je ne vous lâcherai pas, a-t-elle ajouté en pointant son index vers le ciel dont les étoiles coulaient comme une pluie fine sur la mer assagie.

Nous n'avions pas vu la pluie tomber depuis plusieurs jours. Or, ce matin-là, un orage impressionnant brouillait la mer et soulevait le sable sur la plage. Vu de la porte vitrée de notre appartement, le spectacle était magnifique. Si je m'étais écoutée, je me serais lancée sur la plage et me serais laissé secouer par le vent et tremper par la pluie pour qu'elle me nettoie le corps et l'esprit. Car ma discussion de la veille avec Maureen avait déposé sur mes épaules une chape d'angoisse si lourde que je sentais le besoin de m'ébrouer. Je pensais à Ludo et à ce que j'allais faire de lui si je n'arrivais pas à l'inscrire à l'école une fois l'automne venu. Puis à Liana, qui occupait toutes mes pensées depuis que j'avais menti sur son compte. Maureen et Ludo dormaient encore et je me sentais seule au centre de l'univers, sans repères, peut-être parce que nous avions quitté la maison qui nous avait si bien accueillis, mon fils et moi, et que nous nous retrouvions dans une sorte de *no man's land* dont le confort m'indisposait plutôt que de m'apaiser. Pour la première fois, je me suis demandé si j'avais pris la bonne décision en quittant mon pays pour venir tenter ma chance ici, et ce doute m'a fait chanceler. J'ai tiré vers moi le fauteuil à bascule du salon et je m'y suis laissée tomber en fermant les yeux. J'entendais la pluie fouetter la porte vitrée et dans ma tête tournaient en boucle les images que j'avais gardées de ma cousine adorée. Puis mon esprit s'est refermé et je me suis endormie, comme ça, assise dans le fauteuil, les bras sur les appuis.

Je me suis réveillée en entendant du bruit dans la cuisine. Je ne savais pas combien de temps j'avais dormi, mais en tout cas l'orage s'était calmé et le ciel semblait vouloir se dégager. Je me suis étirée pour défaire les nœuds que le sommeil avait tressés dans mon corps, puis j'ai rejoint Maureen, qui m'a paru détendue.

— Vous voulez un café ? a-t-elle offert en versant le liquide dans sa tasse.

— Oui, c'est gentil. Je me suis endormie dans le fauteuil, et…

— Vous m'avez rappelé mon enfance. Gamine, les orages me fascinaient et j'adorais courir sous la pluie pendant que tout le monde se cherchait un abri.

Je rentrais à la maison trempée et ma mère se mettait à prier le Seigneur pour qu'il m'épargne de la maladie nécessairement mortelle que mes étourderies me causeraient.

— Il faut croire qu'Il entendait ses prières, ai-je osé avec un sourire.

Maureen a ri de bon cœur.

— Ah ça oui ! Elle était si dévote qu'Il aurait été ingrat de ne pas l'écouter.

Il y avait un petit quelque chose dans la voix de Maureen… Je n'aurais pas su dire si c'était de l'ironie ou de l'admiration. Mais elle est tout de suite passée à l'espièglerie quand elle m'a reparlé de cette surprise qu'elle attendait pour la fin de l'après-midi. Je voyais bien qu'elle s'amuserait toute la journée à me faire languir avec ça, et j'acceptais de jouer le jeu.

Nous avons bu notre café devant la porte vitrée, pratiquement silencieuses toutes les deux, puis Maureen a parlé du vent qui soufflait encore, porté par la mer. Cela lui a inspiré une idée assez forte pour qu'elle choisisse de se lever et d'aller s'habiller. Elle m'est réapparue en short et en espadrilles de sport. Son chandail moulait ses seins encore fermes, on aurait dit qu'elle se préparait à jouer au tennis. Elle avait posé sur sa tête une casquette blanche qui lui donnait un air coquin et la rajeunissait.

— Je vais marcher un peu, a-t-elle annoncé. J'en ai pour trente minutes.

Puis elle est sortie. En regardant par la fenêtre, je l'ai vue traverser la rue et longer la plage, et je me suis dit que bien des hommes se retourneraient sur son passage tellement elle en imposait. Je suis sortie sur le balcon et le vent s'est amusé à emmêler mes cheveux déjà revêches. J'allais devoir me les défriser bientôt. Si j'avais été chez moi, j'aurais demandé à une voisine de me les tresser serré sur le crâne. Ici, il fallait se rendre dans un salon, et je n'avais pas les moyens.

Maureen est revenue avec à la main un sac tout en longueur. Elle est entrée dans l'appartement et s'est dirigée tout droit vers la chambre, où Ludo dormait encore. Elle l'a secoué tendrement et lui a caressé les cheveux.

— Viens voir ce que je t'ai acheté. Je suis certaine que tu vas apprécier.

Mon fils a ouvert les yeux et lui a souri, et j'ai senti que ce sourire à lui seul l'émouvait. Elle a laissé sa main parcourir le dos puis la nuque de Ludo, puis elle l'a tapoté avant de se redresser.

— Allez, debout !

Ludo s'est étiré, s'est extirpé de ses couvertures et a couru vers moi pour m'offrir mon baiser du matin. Je l'ai chatouillé, lui ai soufflé dans le nombril et l'ai embrassé sur le front avant de le laisser filer vers le salon, où Maureen avait déposé son drôle de sac sur la table. Il s'est arrêté net devant le sac et a regardé Maureen en ouvrant grand les yeux.

— Qu'est-ce que c'est ? a-t-il demandé.

— Vas-y, ouvre-le.

Du sac, il a tiré un autre sac, fabriqué celui-là d'un plastique transparent, à l'intérieur duquel était plié un cerf-volant. Quand Ludo l'a déployé, un oiseau gigantesque emplissait le salon. Avec ses ailes noires et blanches et son torse rouge vif, il ne demandait qu'à s'envoler. Aussi Ludo a-t-il avalé une banane en vitesse avant de faire un saut dans la chambre pour s'habiller.

Fin prêt, il a rangé son oiseau dans son emballage et nous a attendues sur le seuil de la porte. Fière de son coup, et presque aussi excitée que lui, Maureen lui a offert sa main et ils se sont élancés vers la plage, où je les rejoindrais quelques minutes plus tard, le temps de faire un peu de ménage et de me doucher.

L'eau chaude a eu l'effet d'un baume sur mon corps tendu, et je l'ai donc laissée couler longtemps sur ma nuque et sur mes épaules avant de regagner ma chambre pour y enfiler la robe que Maureen m'avait offerte.

Nous avons passé la journée à taquiner le ciel avec le cerf-volant de Ludo en buvant de la limonade et en mangeant des frites pour déjeuner. Au milieu de l'après-midi, nous sommes rentrés à l'appartement, vannés. Nous avons décrété une heure de sieste pour tout le monde et je suis allée m'étendre dans le lit avec Ludo, qui s'est endormi en moins de deux minutes. J'ai écouté sa respiration un moment, puis j'ai fermé les yeux.

Quand je me suis réveillée, Ludo dormait encore, étendu sur le dos, les bras en croix. Je suis descendue du lit doucement et me suis massé les joues. Je suis sortie de la chambre et Maureen est aussitôt venue vers moi.

— Lonie, j'allais vous réveiller. Ma surprise est arrivée.

— Ce n'était pas le cerf-volant que vous avez acheté à Ludo ?

Elle a pouffé de rire et m'a dit qu'il s'agissait d'un autre type d'oiseau. Puis elle a pris ma main et m'a attirée vers le balcon. Le soleil allait bientôt se coucher derrière notre immeuble. Son ombre coulait comme une tache d'encre jusqu'à la plage, dont les palmiers prenaient du repos après avoir été secoués toute la journée. C'est assis au pied de l'un d'entre eux que je l'ai aperçu, une cigarette au bec, à demi tourné vers la mer. Nick. Je ne sais pas pourquoi mes yeux se sont embués. J'aurais voulu crier son nom, lui envoyer la main, mais mon corps est demeuré immobile. Je revivais le jour où je l'avais vu pour la première fois, au restaurant Chez Miles, puis notre fuite par la ruelle, la nuit passée dans le chalet de son père, mon effroi quand Mike Brodie était parti avec mon fils, mon soulagement de retrouver celui-ci sain et sauf, puis la route que nous avions parcourue pour nous rendre chez Maureen… En un éclair, tout cela m'est revenu quand j'ai vu Nick tirer sur sa cigarette. Il ne portait pas son chapeau de cow-boy. Ses cheveux courts découpaient son visage bruni par le soleil. Sa chemise vert pâle bouffait sur son jean délavé. Après un moment, il a levé les yeux vers moi et j'ai agité la main comme une gamine alors que mes larmes mouillaient mes joues. Je ne comprenais pas pourquoi j'étais si émue de le revoir. S'il avait été devant moi, je me serais blottie dans ses bras. Il s'est levé et m'a saluée à son tour. Il a tiré une dernière bouffée de sa cigarette puis s'est mis à marcher vers notre immeuble. Je l'ai suivi des yeux jusqu'à ce qu'il disparaisse sous le balcon. J'ai essuyé mon visage du mieux que j'ai pu, puis me suis tournée vers Maureen, qui m'a tendu un mouchoir de papier.

— C'est une belle surprise, non ? a-t-elle dit en souriant.

J'ai approuvé de la tête et je me suis mouchée.

— Excusez-moi, je…

— Ça va, Lonie… ça va, a-t-elle dit en posant une main sur mon épaule.

Nick est entré et nos regards se sont étudiés un instant avant que l'un de nous deux puisse parler. Puis il a souri.

— On se fait l'accolade ? a-t-il proposé en rougissant.

Je me suis approchée et nos joues se sont effleurées. Il sentait la lotion après-rasage, mais il y avait derrière une odeur plus brute, celle de son corps sans doute. Il me tenait par la taille et je goûtais la pression de chacun de ses doigts à travers le tissu de ma robe. Il s'est retiré un moment puis m'a regardée de la tête aux pieds.

— Cette robe vous va très bien, Lonie, a-t-il dit sans emphase, juste pour être gentil.

— Merci, Nick. C'est Maureen qui me l'a offerte, ai-je ajouté en me tournant vers elle.

Elle se tenait en retrait, les mains croisées devant elle, comme si elle attendait quelque chose. Nick s'est informé de Ludo, et je lui ai raconté notre journée. Nous nous sommes installés tous les trois sur le balcon et nous avons bu de la bière, ce qui ne m'était pas arrivé depuis longtemps. Puis Nick a voulu parler à sa sœur en privé, ce à quoi elle s'est opposée.

— Si c'est pour me parler de Bill, tu peux y aller. Je n'ai plus rien à cacher. Il t'a téléphoné, c'est ça ?

Nick a confirmé.

— Il ne comprend pas ce qui lui arrive, Maureen, et j'ai l'impression qu'il me tient pour responsable de ton départ.

— Toi ? Mais pourquoi ?

Nick s'est tourné vers moi.

— C'est notre faute, ai-je échappé. Tout allait bien entre Bill et vous avant que nous arrivions dans votre vie.

Maureen a pouffé de rire.

— Si vous saviez… Rassurez-vous, vous n'y êtes pour rien, Ludo et toi. Ou plutôt si, mais bien malgré vous. Vous m'avez ouvert les yeux, et je me suis rendu compte que la vie pouvait être simple et joyeuse. Bill va s'en remettre, faut pas vous inquiéter. Il est bien entouré, a-t-elle ajouté avec dépit avant de porter son verre à ses lèvres.

Ludo s'est réveillé et quand il a aperçu Nick, il lui a sauté dans les bras. Nick était visiblement heureux lui aussi de le retrouver. Ils ont parlé de voitures pendant de longues minutes, Nick lui racontant qu'il avait échangé son camion contre une automobile plus petite.

— T'avais promis que je pourrais conduire, lui a lancé Ludo, maintenant assis sur ses genoux.

— Tu te souviens de ça, toi ? s'est étonné Nick.

— Bien sûr… c'était une promesse, non ?

Nick a acquiescé puisque c'en était une.

— Mais ta mère doit être d'accord, a-t-il ajouté en plissant les yeux vers moi.

— Dis oui, s'il te plaît, m'a supplié Ludo.

— On verra, me suis-je contentée de répondre, même si tout le monde, y compris mon fils, avait saisi que je ne m'opposerais pas à ce projet.

Nous avons dîné sur le balcon — des cailles que Nick avait apportées avec deux bouteilles de vin — pendant que la nuit tombait lentement sur la mer après avoir accroché la lune dans un coin de notre décor. Puis Ludo s'est installé devant la télé. Nick nous a servi du vin, nous avons passé un chandail pour nous protéger de la brise qui s'était levée puis nous avons veillé sous les étoiles. Nick nous a raconté comment la condamnation de Marco avait changé la donne non seulement dans sa ville, mais aussi dans son service, puisque le chef de la police locale avait dû démissionner — pour sauver la face, on l'avait en fait muté dans un service administratif de la capitale de l'État. Des enquêtes étaient en cours pour retrouver les femmes qui avaient transité par là.

— Vous avez des nouvelles de ma cousine? me suis-je aussitôt enquise. Elle s'appelle Liana Molina.

Nick m'a regardée fixement, et j'ai eu peur qu'il m'annonce qu'elle était morte. Il s'est penché vers moi et a pris ma main.

— C'est un peu à cause d'elle que je suis là, Lonie. Nous croyons qu'elle est dans une ville plus au nord. Elle aurait changé de nom, mais nous avons de bonnes raisons de croire qu'il s'agit de l'une des filles que Marco a fait venir de votre pays. Il y en avait une quinzaine. Comme Marco gardait chez lui des photos de chacune de ses proies, cela nous a facilité le travail. Nous avons lancé un avis de recherche national, et le téléphone s'est mis à sonner. Nous en avons retrouvé quatre à Miami, utilisées par les dirigeants d'un réseau de prostituées. Un autre groupe, cinq filles cette fois, s'était installé près de Chicago. Un gang les faisait danser dans un bar privé fréquenté par des hommes d'affaires. Liana est l'une des six filles que nous n'avons toujours pas repérées, mais nous sommes sur une piste, et j'aurais besoin de vous pour l'identifier.

Puis il m'a tendu une photo, qu'il gardait dans la poche de sa chemise. Je l'ai tout de suite reconnue et je me suis mise à pleurer. On la voyait souriante sur cette photographie qui avait sans doute été prise à son arrivée, avant qu'elle comprenne que le paradis qu'on lui avait promis allait se transformer en cauchemar.

— Mathilda Palacio… a lancé Nick, ce qui m'a secouée. C'est le nom qu'a choisi cette fille que nous croyons être votre cousine.

Je me suis levée de ma chaise et j'ai serré la photo contre ma poitrine.

— C'est elle, c'est sûr… Mathilda Palacio, c'est le nom de fille de sa mère.

Nick s'est levé lui aussi, puis il a dit :

— Je vais avoir besoin de vous, Lonie, pour la convaincre de nous suivre.

Devant la moue d'incompréhension que je lui ai servie, il m'a expliqué que, dans ce genre de situations, les victimes développent une forme de dépendance affective envers leurs bourreaux et que, comme elles sont majeures, on ne peut pas les contraindre à quoi que ce soit.

— Mais si vous êtes avec moi, j'imagine qu'elle acceptera de vous écouter, a-t-il ajouté.

8.

Nous avons quitté l'appartement de l'île des Palmiers le lendemain matin à l'aube. Maureen avait proposé de garder Ludo avec elle, mais j'ai refusé de me séparer de mon fils. Maureen a tout de suite compris mes objections et a choisi de venir avec nous. Nous sommes donc tous montés dans la nouvelle voiture de Nick et nous avons pris la route qui nous a menés à la ville la plus près, puis à l'autoroute, que nous avons empruntée vers le Nord. Nous avons traversé sans les voir des villes aux noms francophones, ce qui témoignait de la présence passée des Français dans cette partie de l'Amérique, puis, au milieu de l'après-midi, nous avons atteint la ville la plus grosse que nous avions vue depuis notre arrivée, une cité que l'autoroute coupait en deux à travers les gratte-ciel. Ludo était très impressionné par cette ville, « qui pourtant n'est pas la plus grosse ville de notre pays » lui a précisé Maureen, assise avec lui sur la banquette arrière.

— Tu vas voir, dans une heure ou deux, nous allons contourner la capitale, et déjà c'est beaucoup plus gros, avec des industries partout et un pont immense…

Cela a permis à Ludo d'accepter le temps passé à rouler sans que le décor ne lui offre rien d'autre que deux rangées d'arbres, malgré son impatience que l'on atteigne la capitale. Je dois avouer que tout cela m'impressionnait, moi aussi, mais je n'avais qu'une pensée, qu'un désir, celui de retrouver ma cousine, qui se cachait quelque part dans une fissure du continent que nous étions en train de fouler sur pratiquement toute sa longueur. Comme nous l'avait annoncé Maureen, qui avait mis un foulard sur sa tête quand Nick avait ouvert sa fenêtre pour laisser entre un peu d'air, nous avons décrit une boucle autour de la capitale et n'en avons finalement rien vu, ce qui n'a pas trop déçu mon fils, qui est resté le nez collé à sa vitre tout au long du détour. De temps à autre, il saluait les conducteurs des autres véhicules, qui lui rendaient parfois la pareille, ce qui le remplissait d'une joie tout enfantine. Maureen s'est pour un temps amusée à l'imiter, ce qui nous a fait rire. Nick lui a dit qu'elle ressemblait à Jaqueline Kennedy saluant les citoyens pendant le dernier défilé de son mari, et Maureen s'est rembrunie sans que je comprenne pourquoi. Il y avait bien des choses que j'entendais dans ce pays dont le sens m'échappait. J'avais une vague idée de qui avait été le président Kennedy parce que mon père avait l'habitude de répéter que l'Amérique était morte avec lui en 1963, mais jamais on ne m'avait parlé de cette Jacqueline.

Nous nous sommes arrêtés un peu plus loin pour manger dans une immense cantine située en bordure de l'autoroute. Nick nous a offert de la pizza et des boissons gazeuses. Ludo a englouti sa pointe comme si nous l'avions privé de nourriture pendant une semaine. Maureen s'est contentée d'une salade, qui m'est apparue fade et vieillie. Elle l'a d'ailleurs mise de côté après trois bouchées, et s'est plainte de la chaleur pour justifier son intention de nous attendre à l'extérieur. Les garçons se sont rendus au petit coin, et moi de même de mon côté, puis j'ai rejoint Maureen qui, appuyée contre la voiture, m'a envoyé la main quand elle m'a aperçue. Je lui ai demandé si ça allait. Elle a levé les yeux vers le ciel gris et lourd, puis elle a souri tristement.

— J'essaie de me débarrasser de mon passé, et je sais que ça ne peut pas se faire d'un seul élan. Alors, y a des images qui me reviennent, du temps où tout allait bien avec Bill, et je me dis…

Elle n'a pas réussi à terminer sa phrase et s'est mise à pleurer. Elle m'a tourné le dos, puis elle a sorti un mouchoir de la poche de sa veste. Je ne savais pas comment l'aider. Aussi ai-je mis ma main sur son épaule, ce qui l'a fait un tantinet sursauter. Sans se retourner, elle a tapoté ma main pour me dire que ça irait, comme si c'était elle qui devait me rassurer. J'ai vu Nick et Ludo sortir de la halte routière.

— Ils arrivent, ai-je annoncé.

Maureen s'est mouchée, puis elle a pivoté sur elle-même. Elle avait retrouvé le sourire, un sourire forcé, certes, mais qui lui a permis de ne pas avoir à s'expliquer. Nous avons repris la route. Nick nous a annoncé que nous atteindrions la ville où Liana se cachait dans moins de deux heures, et mon cœur s'est mis à battre comme un poisson dans une épuisette, ce qui faisait dangereusement remonter le niveau de liquide dans mon estomac. Je me suis même demandé si je n'allais pas vomir ma pointe de pizza. J'ai fermé les yeux et j'ai essayé de penser à autre chose, mais mon cerveau n'avait rien d'autre à m'offrir que des images de ma cousine. Parce qu'il n'y avait rien à voir d'intéressant, Ludo s'est endormi, la tête appuyée sur les genoux de Maureen, qui lui caressait doucement les cheveux. Elle avait fermé les yeux elle aussi, et se laissait bercer par les vagues de la route. Concentré sur sa conduite et visiblement perdu dans ses pensées, Nick tournait les yeux vers moi de temps à autre. Nous n'avions pas besoin de parler, à la fois inquiets de ce que nous découvririons et heureux de le découvrir ensemble. Puis, sans que je m'y attende, il a tendu le bras et il a pris ma main. Mon cœur s'est alors calmé, et je me suis détendue. J'aurais aimé à ce moment-là que Nick porte son chapeau de cow-boy, car cela m'aurait distraite de ses yeux dans lesquels j'ai eu peur de me perdre.

À ce moment précis, nous baignions dans une telle félicité tous les quatre que j'aurais voulu arrêter le temps et voir apparaître Liana sur la banquette arrière. Nous serions retournés à l'appartement de l'île des Palmiers et nous aurions fait voler le cerf-volant de Ludo dans le bleu du ciel jusqu'à ce que la nuit nous pousse vers le sommeil. Et nous aurions dormi longtemps pour nous libérer de l'angoisse et de la peur que nous avons tous de mourir. Peut-être Nick serait-il venu se blottir contre moi pendant que Maureen aurait accepté de faire une place à Ludo dans son lit, et nous n'aurions rien demandé de plus à la vie.

Nous avons avalé les kilomètres sans que je m'en rende compte, puis nous nous sommes engagés sur une portion de l'autoroute qui nous a menés à la grande ville. Nous avons traversé un quartier industriel, nous avons quitté l'autoroute, nous nous sommes engagés sur une voie de desserte qui n'avait rien d'exotique, puis nous nous sommes arrêtés au coin d'un parc municipal. Nick a regardé ses notes, qu'il avait prises dans un calepin à la couverture de cuir noir, puis il est descendu de voiture avant de se pencher à sa fenêtre.

— C'est ici ! a-t-il lancé.

J'ai regardé autour. Trois garçons s'amusaient à se lancer la balle sur le terrain de baseball. De l'autre côté de la rue, le Oregon Diner Restaurant côtoyait une station de lavage pour automobiles qui semblait très populaire. Puis, tout au coin de la 3e Rue et de l'avenue Oregon, une foule faisait la file devant une fabrique de bretzels.

— Selon nos informations, Mathilda Palacio demeure là, au 2672 de la 3e Rue, a précisé Nick en nous indiquant la porte de métal à laquelle menait un escalier de ciment.

L'endroit ne payait pas de mine, mais c'était tout de même mieux que ce à quoi je m'attendais. Nick a demandé à Maureen de rester dans la voiture avec Ludo, puis je l'ai suivi jusqu'à la maison. C'est à ce moment que j'ai remarqué qu'il portait son arme, dans un étui sous son bras gauche. Il a sorti son badge de policier et l'a fixé à la poche de sa veste pour qu'il soit bien en vue. Nous nous sommes immobilisés devant la porte, puis Nick a jeté un œil par la fenêtre.

— À mon avis, y a plus personne qui habite là-dedans, a-t-il dit, le visage appuyé contre la vitre. Venez.

Je me suis approchée, mais je n'étais pas assez grande pour bien voir.

— Je peux vous aider ? nous a lancé un homme de la fenêtre entrouverte de la maison voisine qu'un auvent de plastique protégeait du soleil.

Nick a reculé d'un pas et a levé les yeux vers le voisin, qui restait dissimulé derrière sa moustiquaire. Il lui a montré sa plaque de policier.

— Je suis de la police. Je suis venu voir Madame Palacio.

— Qui ?

— Mathilda Palacio. Une femme de couleur qui habite ici…

L'homme a hésité un moment, puis il a disparu. Nous nous sommes regardés, Nick et moi, puis j'ai gravi les quelques marches de la maison de ma cousine pour aller sonner. C'est à ce moment que la porte du voisin s'est ouverte et qu'il nous est apparu, vêtu d'un gilet de corps sans manches et d'un pantalon de pyjama rayé.

— Vous fatiguez pas, m'a-t-il lancé, la maison est vide.

Même si nous étions pratiquement à la fin de l'après-midi, il semblait sortir du lit. Mal rasé, les cheveux en bataille, il s'est assis dans son escalier et il a fait signe à Nick de le rejoindre. Je me suis approchée moi aussi, curieuse d'entendre ce qu'il avait à dire. Nick lui a tendu la photographie de Liana, et l'homme l'a tout de suite reconnue.

— Oui oui, c'est bien elle, a-t-il dit après avoir à peine regardé la photo. Ils sont partis il y a une semaine.

— Qui ça, ils ? a demandé Nick.

— Votre amie, là, et ses deux copines… des Mexicaines, je dirais.

— Il y avait des hommes avec elles ?

Il s'est mis à rire, puis il s'est ressaisi quand il a vu que nous ne trouvions rien de drôle à la situation.

— Des hommes, il en venait tout le temps. Pour tout vous dire, personne ici n'a pleuré de les voir s'en aller. Il se passait des choses étranges dans cette maison.

— Qu'est-ce que vous voulez dire ?

Cette fois-ci, c'est moi qui avais posé la question. Il m'a regardée et s'est demandé ce que je faisais là.

— Vous êtes de la police vous aussi ?

— Répondez à sa question, a dit Nick en s'interposant.

L'homme a massé son menton puis il a grimacé en cherchant ses mots.

— Je sais pas comment vous dire… je crois que c'était un lieu de rencontre.

— Un lieu de rencontre ? a répété Nick.

— Ouais… une maison de passe, quoi. Les filles habitaient là, mais y avait toujours des types qui arrivaient ici en taxi ou qui garaient leur voiture de l'autre côté de la rue, dans le stationnement du centre commercial là-bas, ou de l'autre côté du parc. Des types bien mis la plupart du temps, et de toutes les couleurs. Je sais pas… en tout cas, quand les filles sont parties, deux gars sont venus avec un camion et ils ont vidé la maison en moins d'une heure.

— Vous avez vu ce qu'ils ont sorti de l'appartement ?

— Des chaises, un divan, des tables matelassées et des lits, du genre lits de camp…

Nick a baissé les yeux, puis il a sorti une carte de la poche intérieure de sa veste.

— Aucun indice qui pourrait nous indiquer où elles sont parties ?

L'homme a réfléchi un moment puis il a secoué la tête.

— Je vois pas, non…

Nick lui a tendu sa carte puis l'homme s'est redressé en faisant craquer ses os. Nous l'avons remercié de nous avoir fourni ces renseignements et il est rentré chez lui sans un mot de plus. Nick est retourné à la fenêtre de la maison vide, puis il est revenu vers moi. Nous ne savions pas comment réagir, anéantis d'avoir perdu la trace de Liana.

— 4419, Baker Street, a lancé l'homme de sa fenêtre. C'est là que s'en allait le camion des déménageurs.

Puis nous avons vu la fenêtre se refermer avec vigueur. Nous avons souri, parce que nous avions finalement un indice. Nick a noté l'adresse dans son calepin et nous avons regagné la voiture.

Maureen avait promis à Ludo de lui acheter un de ces fameux bretzels de la Philly Factory. Une fois devant le comptoir, nous avons tous craqué et sommes sortis de la boutique avec une douzaine de beignets. De retour dans la voiture, Nick a sorti son atlas routier, à la recherche de cette rue Baker. Il en a déniché une au nord de la ville, et nous avons décidé de nous y rendre sans délai. Nous sommes revenus sur nos pas, puis nous nous sommes engagés sur une autoroute qui nous a fait contourner la ville. La sortie 338 nous a conduits à un pont par lequel nous avons atteint un quartier ouvrier aux rues étroites et mal nettoyées. La façade des immeubles de trois étages donnait directement sur le trottoir, et on se serait cru chez moi parce que tout le monde ici avait la peau noire.

Nous sommes finalement passés devant le 4419 Baker Street, et l'immeuble nous a paru désaffecté. Il était en fait en rénovation. Nick a garé la voiture un peu plus loin, dans une rue adjacente, et nous en sommes tous descendus. J'ai demandé à Ludo de rester sur le trottoir avec Maureen, j'ai regardé Nick un moment, puis nous avons marché vers la maison de la rue Baker. Je me suis retournée deux fois pour envoyer la main à Ludo, puis je l'ai perdu de vue quand nous avons franchi le coin de la rue. Le quartier n'avait rien d'invitant. Une musique rock coulait sur tout le quartier à partir d'une fenêtre entrouverte. La brique des maisons avait emmagasiné la chaleur de la journée. Nick a frappé à la porte du 4419, qu'un échafaudage protégeait des travaux. Au bout d'un moment, nous avons entendu une voix féminine, portée par un interphone qu'une bâche dissimulait.

— Qui est là ? a demandé la femme.

Mon cœur s'est aussitôt emporté, car je me suis dit que c'était peut-être ma cousine.

— Liana ? ai-je échappé dans un réflexe.

— Qui est là ? a répété la voix avec irritation.

— Je suis Nick Delwigan et je suis policier. Ouvrez s'il vous plaît, nous aimerions vous parler.

L'intervention de Nick est restée sans réponse. Alors qu'il songeait à faire appel à ses collègues de la police municipale locale, la femme nous a annoncé qu'elle venait nous ouvrir. Elle nous est de fait apparue quelques secondes plus tard, vêtue d'une sortie de bain nouée à la taille. J'avais secrètement espéré que ce soit Liana, même si je savais, après l'avoir entendue une seconde fois, qu'il ne pouvait pas s'agir d'elle à cause de son accent.

Grande et jolie avec son teint praliné, la femme avait enroulé une serviette sur sa tête, ce qui lui donnait des airs de princesse africaine. Elle a regardé avec superbe le couple dépareillé que nous formions, Nick et moi, puis elle a posé ses mains sur ses hanches en signe de défi.

— Je peux vous aider ? a-t-elle demandé sans manières, pressée d'en finir avant même que nous ayons ouvert la bouche.

— Nous cherchons quelqu'un, a dit Nick. Une femme.

— Ben vous l'avez trouvée, s'est moquée la fille en écartant les bras. Mais je suis déjà prise, a-t-elle ajouté avec un sourire narquois.

Nick a souri pour lui faire plaisir, puis il s'est approché d'elle pour lui tendre la photo de Liana. Je trouvais qu'il avait la façon de s'imposer sans en imposer, comme si tout passait par ses yeux, qu'il gardait fixés sur celui ou celle qu'il interrogeait. La fille a considéré la photo, et nous avons tous les deux compris qu'elle la connaissait. Mais elle s'est aussitôt rembrunie et nous a rendu la photo dans un geste brusque.

— Qu'est-ce que vous lui voulez ? a-t-elle éructé en croisant les bras sur sa poitrine.

Nick a baissé les yeux, puis les a plantés directement dans ceux de la fille, qui n'a pas pu soutenir l'assaut et a détourné le regard.

— Lui parler, a-t-il dit doucement. Juste lui parler, pour nous assurer qu'elle va bien.

La fille gardait le silence, et nous sentions que son malaise grandissait. Puis elle a regardé derrière elle, dans l'appartement, avant de refermer la porte et d'avancer vers nous.

— Elle est partie, a-t-elle finalement murmuré. Mais elle va bien, vous en faites pas. C'est qu'elle en pouvait plus des massages…

— Des massages ? ai-je dit en fronçant les sourcils avant que Nick me fasse signe de me taire.

Mais la grande m'a toisée, inquiète tout à coup.

— Tu sors d'où, toi, chérie ? m'a-t-elle lancé.

— Vous occupez pas de ça et dites-moi plutôt pourquoi vous connaissez Mathilda.

Elle a fini par détacher son regard de mon visage et s'est tournée vers Nick, à qui elle n'aurait pas à expliquer des évidences.

— T'es de la moralité, c'est ça ?

— Non, a répondu Nick en pouffant. Non, non, vous tracassez pas. Je ne suis ni de la moralité ni de l'Immigration. Nous enquêtons sur une série de disparitions qui se sont produites plus au sud, des femmes venues d'ailleurs qu'on a enrôlées ici pour…

— Je vois, a-t-elle coupé pour lui signifier qu'elle savait de quoi il voulait parler. Si je vous dis où elle est partie, vous me foutrez la paix ?

Nick lui a souri et a hoché la tête.

— C'est promis… On ne s'est d'ailleurs jamais rencontrés, vous et moi.

La fille m'a regardée, puis elle a tourné la tête vers la porte close de la maison.

— Ça s'est passé y a trois jours. Un nouveau salon devait ouvrir, sur Shurs Lane, à quelques rues d'ici. Je le sais parce qu'ils ont entreposé les meubles ici en attendant que ce soit prêt… les meubles et les filles aussi. Trois filles, dont votre copine, a-t-elle ajouté avec un clin d'œil pour Nick, qui n'a pas réagi. Les deux autres sont installées là-bas maintenant, des filles de la Colombie je crois, mais Mathilda s'est poussée avec Renaldo, un gars de la bande qui sait sans doute pas encore à quel point il a mis sa vie en danger en faisant ça. Ils sont partis pour le Canada, a-t-elle ajouté, c'est tout ce que je sais.

Nick s'est pincé le nez, puis il lui a demandé comment elle était au courant de tout ça. Elle a hésité, puis elle s'est approchée davantage de nous.

— Renaldo, c'est le frère de mon mari, nous a-t-elle appris en tournant son visage vers la porte. C'est pas un mauvais garçon, vous savez… Je pense qu'il serait préférable pour lui que la police le retrouve avant que la bande lui mette la main dessus. Ils ont rempli sa Jeep kaki et ils sont partis. J'ai su qu'ils s'en allaient au Canada en surprenant leur conversation. Je lui ai juré d'en parler à personne, mais… Ils sont amoureux, alors il faut leur faire attention, a-t-elle conclu avant de baisser les yeux et de rentrer chez elle.

Nick s'est élancé au moment où elle allait refermer.

— J'aurais besoin de son nom de famille, a-t-il soufflé.

Elle lui a indiqué une languette de métal fixée au-dessus de la sonnette puis elle a disparu. Nick a noté le nom qui apparaissait sur la languette — Lantigua — puis il est revenu vers moi.

— Allez, venez, a-t-il dit en me pressant.

— Où allons-nous ?

— Au poste de police.

— Pour quoi ?

— J'ai tout ce qu'il faut pour faire arrêter ce Renaldo Lantigua au Canada.

— Le faire arrêter ? Mais pourquoi ?

Nick s'est immobilisé et il m'a prise par les épaules.

— Je suis policier, Lonie. Alors, je vais mettre la police locale sur le coup pour que mes collègues sortent les amies colombiennes de Liana du nouveau salon de massage qui vient d'ouvrir dans Shurs Lane. Nous allons aussi lancer un mandat d'arrêt contre Renaldo Lantigua et votre cousine au Canada. Elle sera décrite dans nos fichiers comme victime.

— Et qu'est-ce qu'ils vont faire d'elle ? La mettre en prison ? ai-je demandé, paniquée.

Nick a caressé mes épaules pour me rassurer.

— Les autorités vont sans doute la retourner dans votre pays, a-t-il fini par m'avouer. C'est le mieux qui puisse lui arriver, non ? a-t-il ajouté en me secouant un peu.

Je ne savais plus quoi penser de cette stratégie.

— Et ensuite, a-t-il repris, nous allons nous occuper de votre cas.

— Qu'est-ce que vous voulez dire ?

— Il va bien falloir régulariser votre situation un jour, non ?

Nous avons descendu la rue, puis tourné le coin pour regagner la voiture. Ne la voyant pas, j'ai cru un moment que nous nous étions trompés de chemin. Nick m'a devancée de quelques pas, intrigué lui aussi. La voiture avait bel et bien disparu. Nous avons tous les deux pivoté sur nous-mêmes à l'emplacement même où nous avions garé le véhicule. Sans doute Maureen avait-elle eu à le déplacer. Ne restait plus qu'à attendre qu'elle repasse nous prendre.

— Restez ici, je reviens dans une minute.

Nick a couru vers Baker Street, au cas où sa sœur aurait décidé de s'approcher de la maison où nous nous étions rendus, mais il est revenu en écartant les mains. Il a juré, puis s'est pincé les lèvres. Je l'ai senti tout à coup très inquiet, ce qui ne m'a pas rassurée. Je me suis mise à trembler et j'ai dû m'asseoir sur la bordure du trottoir pour ne pas m'effondrer.

— Faut pas vous inquiéter, a dit Nick, y a sûrement une explication… Le mieux que nous avons à faire, c'est de rester ici à les attendre.

Et c'est ce que nous avons fait. Les minutes se sont étirées comme si le temps s'était englué dans l'espace, et après une dizaine, je me suis mise à pleurer.

— Qu'est-ce qu'elle fout, Maureen, hein ? ai-je lancé à Nick, qui était aussi désemparé que moi. Où elle est, merde ? ai-je ajouté en haussant le ton. Mon fils est avec elle…

— Calmez-vous, Lonie. Elle ne peut pas être partie bien loin.

— Elle avait qu'à nous attendre. C'était pas compliqué, ça, non ?

Je sentais que j'allais perdre le contrôle de mes réactions si elle n'apparaissait pas bientôt. Et après une autre dizaine de minutes passées à faire les cent pas dans cette rue minable des États-Unis, j'ai rejoint Nick et mon cerveau a disjoncté. En le frappant à la poitrine, je lui ai crié de ne pas rester planté là, de réagir, de mettre ses collègues de la police sur le coup…

Parce que, de toute évidence, sa sœur venait de me voler mon enfant.

KOBY

1.

« Tout finit toujours par s'arranger. » C'est ce que ma mère me répétait pratiquement tous les jours. « Tout finit toujours par s'arranger. » Mais je savais qu'il arrive parfois que les choses ne s'arrangent pas. On choisit de les ignorer, de les contourner ou de les assumer. Mais elles ne s'arrangent pas.

Assis devant ma console de jeu, j'en étais là, au point où les choses ne pouvaient plus s'arranger. J'allais perdre cette partie et devoir reprendre le niveau. Il y avait des événements plus dramatiques à traverser dans la vie, mais ce jour-là, la mienne était toute concentrée sur le moment où j'allais appuyer sur le bouton rouge de ma manette pour signifier au reste de mon univers que je n'en faisais plus partie. Je reportais ce moment, décidé à me battre jusqu'à la fin même si je savais que rien n'allait pouvoir me ressusciter. Je perdais des points de vie au fur et à mesure que le sang s'écoulait de mon flanc gauche. Incapable de me lever, j'ai vu mes ennemis avancer vers moi. Je les ai regardés dans les yeux et je les ai traités de chiens avant qu'ils n'ouvrent le feu pour m'achever.

J'ai fermé la console de jeu, puis je suis allé m'asseoir devant l'écran de l'ordinateur. Tommy, Brian et Brad étaient branchés et nous avons échangé quelques blagues avant de nous donner rendez-vous au Miley's, le snack du coin, pour le début de la soirée. J'ai éteint l'ordinateur et me suis avachi avec mon manuel de biologie, histoire de réviser un peu. L'examen du lendemain ne m'inquiétait pas, j'avais déjà atteint le maximum des points requis depuis le début de l'année scolaire, mais je m'étais donné pour objectif de ne pas en perdre un, même superflu.

Le téléphone a sonné dans le salon, mais j'ai laissé le répondeur filtrer l'appel. C'était celui du coiffeur de ma mère, Alfredo, qui venait parfois lui faire sa teinture à la maison et avec qui elle entretenait une relation ambiguë. Depuis un certain temps, je m'amusais à utiliser des euphémismes pour parler des choses importantes de la vie. Melinda n'était pas ma petite amie mais une « connaissance particulière ». Elle avait la peau blanche comme du lait de chèvre et « portait ses rondeurs avec grâce et volupté ». Son père était raciste, aussi je ne lui avais jamais serré la main et ne m'en portais pas plus mal. Elle avait un frère plus jeune, « de taille modeste », qui regardait des sites pornos toute la journée dans sa chambre verrouillée à clé. Je ne l'aimais pas beaucoup, et c'était réciproque, alors nous ne nous entendions pas si mal finalement. Nous faisions l'amour tous les week-ends, Melinda et moi, souvent dans sa chambre, mais parfois dans des lieux plus inusités — la gare désaffectée du nord de la ville, les toilettes du centre commercial, derrière la station-service du vieux McMahon… Melinda aimait faire l'amour, et moi, j'aimais qu'elle aime faire l'amour. Alors, nous le faisions souvent, même les jours où il ne fallait pas. Nous ne faisions pas que ça, nous avions nos vélos aussi, et elle excellait en patins à roues alignées. Parfois, nous partions en cavale pour la journée, elle avec ses patins, et moi sur ma planche à roulettes. Nous traversions la ville et nous suivions le chemin étroit qui mène au lac. En fait, il s'agissait plutôt d'un étang, mais un grand étang, avec des nénuphars et des grenouilles et des moustiques et des chauves-souris quand le jour tombait et que nous ne voulions pas partir tellement nous étions bien tous les deux, loin des autres. Nous passions la journée à nous baigner sans maillots, même si nos pieds s'enfonçaient dans le fond boueux de l'étang et que des sangsues nous collaient parfois à la peau. Puis nous étendions notre couverture sous un arbre ou derrière un bosquet et nous nous mangions la peau et les poils et les sucs sous le regard médusé de Dieu, sans doute jaloux de notre insouciance, Lui qui avait à gérer tant de choses importantes — sans toujours y parvenir, il fallait bien le constater. Nous buvions du coca-cola, avalions des croustilles, fumions un pétard et la vie était belle et simple. Melinda s'occupait bien de moi, et je m'occupais bien d'elle, et comme nous ne causions de mal à personne, nous n'avions rien à nous reprocher.

Quand le téléphone a sonné de nouveau, j'ai laissé courir, puis j'ai entendu sa voix dans le répondeur. Elle allait passer les trois prochains jours chez sa cousine et elle aurait aimé que nous nous voyions avant qu'elle ne parte. Je me suis levé d'un bond et j'ai couru décrocher le combiné pour lui dire que je serais chez elle à la tombée de la nuit. Elle a répondu qu'elle m'attendrait sur la véranda pour que nous allions marcher. Peut-être jusqu'à la gare, a-t-elle ajouté, et j'ai compris comment je terminerais ma journée.

Ma mère est rentrée vers dix-sept heures. Je m'étais endormi sur le divan et je me suis réveillé quand elle a claqué la porte arrière.

— Koby, tu es là ?

— J'suis là…

Ma mère bossait pour une entreprise de construction-rénovation. Elle tenait les livres, prenait les appels, négociait le prix des matériaux, gérait le personnel quand il le fallait… Son patron, Vince Thompson, avait progressivement déposé sur ses épaules frêles mais solides les fondations de son entreprise. Elle avait toute sa confiance et elle la méritait. En retour, il lui versait un salaire assez élevé pour que nous puissions bien vivre tous les deux. Nous n'étions pas riches, mais nous faisions nos frais, comme on dit. Ma mère avait pu m'inscrire au collège de son choix, encouragée par mes résultats scolaires et ma bonne conduite générale. J'avais été pour elle un enfant facile et elle n'avait jamais eu à regretter de m'avoir adopté.

Je gardais peu de souvenirs des cinq premières années de ma vie, sinon celui d'une nounou qui s'était bien occupée de moi et à laquelle je m'étais attaché. Tout cela restait flou dans mon esprit, et sans doute n'aurais-je pas su la reconnaître si je l'avais croisée dans la rue, mais il me venait parfois des images qui lui étaient reliées — celles par exemple d'un cerf-volant que nous faisons monter dans le ciel au-dessus de la mer ou d'un camion où nous avons pris place, elle et moi, alors qu'elle me tient sur ses genoux pour que je voie le paysage défiler… Mais tout cela ne me venait que furtivement et jamais la nostalgie ne m'avait amené à espérer la retrouver, pas plus que mes parents biologiques, dont nous n'avions conservé aucune trace et que je ne connaîtrais jamais. Marguerite était une mère si attentionnée et si chaleureuse que cette partie de mon histoire personnelle ne m'intéressait pas. Peut-être avais-je peur d'y trouver des réponses à des questions que je ne m'étais même jamais posées.

— Tu as faim ?

Je me suis levé et je l'ai rejointe à la cuisine. Nous habitions une maison modeste, de trois pièces seulement, ce qui fait que je dormais dans le salon — après avoir ouvert le divan-lit le soir venu. À cause de la couleur si différente de notre peau, et parce qu'il n'y avait pas d'homme dans la maison, nous formions une famille atypique, Maggie et moi. Mais les voisins et tous ceux que nous connaissions s'y étaient habitués et jamais nous ne parlions de ça avec eux ou entre nous. C'était comme ça.

Melinda venait parfois manger chez nous, et je crois que Maggie l'aimait bien. Elle lui préparait son repas préféré, des pâtes au pesto, et lui servait un verre de vin coupé qui lui rosissait les joues. Melinda l'adorait, elle me répétait même souvent qu'elle aurait bien aimé avoir une mère comme la mienne, jeune d'esprit, qu'elle disait. Je n'avais jamais rencontré la sienne, alors je ne pouvais pas comparer, mais j'avais conclu de ce qu'elle m'en avait dit que je n'aurais pas échangé ma mère contre la sienne.

— T'as des projets pour ce soir ?

Maggie était assise de travers devant son assiette, déjà prête à se lever. Elle trouvait toujours quelque chose pour s'occuper et ne se reposait qu'une fois la nuit tombée. Elle s'endormait devant la télé puis finissait par aller se coucher.

— Je vais chez Miley's avec les gars, puis je sors avec Melinda. Elle s'en va chez sa cousine pour trois jours alors...

Ma mère m'a souri, comme si elle avait compris comment nous avions l'intention de souligner ce départ.

— Dommage, a-t-elle dit entre deux bouchées.

— Tu as besoin que je reste à la maison ? ai-je demandé.

— Je serais bien allée au cinéma ce soir...

— T'as qu'à inviter Alfredo, ai-je lancé en tentant de dissimuler le demi-sourire que ma remarque avait fait poindre à la commissure de mes lèvres.

Elle a grommelé une objection que sa bouchée de purée a assourdie. Elle a dégluti puis elle a répété.

— Alfredo est un idiot !

J'ai tenté d'en savoir davantage sur ce jugement, qui marquait un tournant dans leur relation, car elle n'en avait toujours parlé qu'avec respect. J'ai déduit de ses explications que son ami avait mis les pieds sur le seul terrain qu'il ne lui fallait pas fouler, celui du passé de ma mère. Elle n'en parlait jamais, avait mis une croix dessus et repoussait tout ce qui pouvait le rappeler. C'est à croire qu'elle était issue de la génération spontanée. Aucun ami d'enfance ni famille, même lointaine. Pas une photographie de jeunesse, pas un bulletin scolaire ou une vieille peluche gardée par nostalgie. Je savais, moi, que je ne devais pas aborder ce sujet, et j'avais toujours respecté cette règle implicite. Aussi n'ai-je pas insisté pour en savoir davantage sur son conflit avec son coiffeur-copain.

— Si tu veux, j'annule tout pour t'accompagner.

Elle a souri et tendu le bras pour caresser ma main.

— Koby… tu es le fils le plus gentil qu'une mère puisse espérer. Je suis encore capable de sortir sans escorte. Surtout qu'au cinéma on y va toujours seul finalement.

À ce moment précis, je me suis demandé si elle entretenait une relation avec Vince, son patron. Je ne sais pas pourquoi cette idée m'a traversé l'esprit, car nous n'en parlions jamais que vaguement. Il était marié, avait trois enfants qui quitteraient bientôt la maison — le plus jeune avait mon âge et je le connaissais un peu puisque nous avions fréquenté la même école primaire —, mais il n'aurait pas été le premier patron à batifoler avec l'une de ses employées. Deux secondes plus tard, cette pensée avait quitté mon esprit, parce qu'il était impensable que ma mère, qui était tout sauf naïve, puisse avoir songé à mélanger travail et vie privée.

— Qu'est-ce que tu vas voir ?

Elle a mastiqué son escalope, puis elle a levé les yeux.

— Ce film qu'ils nous annoncent à la télé sur la fin du monde. Je sais, je sais, c'est pas du Bergman, mais je suis toujours impressionnée par ce genre de magie, je veux dire les effets spéciaux, les immeubles pulvérisés, la mer qui engloutit les métropoles côtières et tout et tout… Il fut une époque où j'avais peur de la fin du monde. Nous avions tous peur de ça, tu sais, pendant la guerre froide. Les gens se construisaient des abris antinucléaires dans leur sous-sol, et on voyait des espions russes partout. Et dans la Bible…

Elle s'est arrêtée net. J'ai attendu la suite, qui ne venait pas, alors j'ai répété sa phrase.

— Et dans la Bible…

Elle m'a regardé en tenant sa fourchette dans les airs, puis elle a plissé les yeux.

— Tu as déjà lu la Bible, Koby ? a-t-elle demandé en me regardant d'une manière étrange.

Je crois que c'était la première fois que nous abordions ce sujet, elle et moi. Je ne lui connaissais pas d'appartenance à quelque religion que ce soit, ne l'avais jamais entendue invoquer Dieu ou le Seigneur ou Jésus, ne l'avais jamais surprise à prier ou à quémander quelque faveur divine. Je ne savais pas si je devais avoir lu la Bible ou pas, et c'est pour cette raison que je suis resté évasif dans ma réponse.

— On en a parlé à l'école… J'en connais les grandes lignes, ai-je ajouté par prudence.

Elle a gardé les yeux rivés sur moi, perdue dans un recoin de son esprit, sans doute là où il était interdit de circuler, puis elle est revenue devant moi et a secoué sa fourchette.

— C'est un livre dangereux, Koby. Sois prudent si jamais tu t'y mets un jour.

C'était à cause de ce genre de remarque que je l'aimais toujours davantage. Elle ne jugeait pas, n'interdisait pas, n'exigeait pas. Elle conseillait, donnait son avis, argumentait parfois avec passion, mais elle acceptait qu'on puisse penser par soi-même et diverger d'opinion avec elle. S'il n'avait pas été clair qu'elle ne laisserait jamais un homme s'installer chez elle, sans doute auraient-ils été des dizaines à vouloir partager sa vie, parce que c'était une femme épatante. Souvent je me répétais que j'avais eu de la chance de tomber sur une femme comme elle.

— J'en prends note, ai-je dit en baissant les yeux.

Ma réponse a semblé la satisfaire. Nous avons terminé notre repas en parlant de choses sans grande importance, puis nous avons fait la vaisselle comme tous les soirs à la même heure pour ne pas rater le début du téléjournal, que nous écoutions habituellement en silence, à moins qu'une nouvelle ne soulève notre indignation. Tout nous intéressait, hormis le sport et la météo. Ce soir-là, c'est une histoire de rapt d'enfants dans les bidonvilles de Port-au-Prince qui faisait la manchette, et Maggie a préféré s'éclipser dans sa chambre plutôt que d'écouter le reportage en direct de l'envoyé spécial du réseau de télévision. Il lui arrivait parfois de quitter le salon sans que je comprenne pourquoi, comme si quelque chose l'avait irritée ou inquiétée. Je m'étais dit en vieillissant que cela avait sans doute un rapport avec des événements de son passé, si trouble qu'elle ne pouvait pas même en parler.

Je suis sorti rejoindre mes copains chez Miley's, où nous avons bu du coca-cola et joué aux machines à boules en reluquant les filles. Laura J. Peckford était là, au comptoir, à me lancer des invites au-dessus de son verre de limonade. Je lui ai souri, sans plus, et elle a paru contente. Je devais faire gaffe, parce que Tommy avait un œil sur elle et détestait tous les gars qu'elle donnait des signes d'apprécier. Mais là, son portable avait sonné — sa sonnerie de *Ghostbusters* nous tombait tous sur les nerfs — et il était en grande conversation avec Patricia, sa copine officielle, qui semblait dans tous ses états puisqu'il répétait sans cesse « attends, écoute-moi » sans pouvoir en placer une.

Les BB — Brian et Brad —, se relayant devant l'écran du simulateur de combat, tenaient leur revolver à bout de bras, comme dans les films, et multipliaient les grimaces et les jurons quand ils appuyaient sur la détente. Ils affrontaient une bande de terroristes et se voyaient comme les sauveurs de notre pays menacé de toutes parts. Ni l'un ni l'autre ne voulaient jouer contre moi, car j'avais l'habitude de remporter toutes mes parties, ce qui avait fini par les agacer. Je me contentais donc de pousser ma boule sur les plaquettes usées du vieux flipper en le brassant un peu avec un mouvement du bas-ventre que les filles trouvaient sexy — ça, c'est Melinda qui me l'avait avoué un soir où nous étions ensemble au Miley's.

Je suis allé la rejoindre chez elle vers vingt et une heures, et nous avons marché vers la gare où je croyais que nous nous amuserions. Mais elle s'est éloignée de moi après m'avoir embrassé, puis elle s'est mise à pleurer. J'ai d'abord cru que c'était parce qu'elle allait s'ennuyer de moi et j'ai tenté comme un idiot de la réconforter. Mais elle a dit qu'il ne s'agissait pas de ça, qu'il lui était arrivé quelque chose ces derniers temps… quelque chose d'imprévu qui remettait tout en question.

— Quoi, tout ? ai-je demandé en haussant le ton.

— Tout, qu'elle a répété. Toi, moi, ma vie quoi…

Je ne comprenais pas ce qu'elle essayait de m'expliquer. Aussi ai-je exigé qu'elle se lance sans détour. Alors, elle m'a parlé d'un gars plus âgé que nous qui s'était intéressé à elle dernièrement. Elle était allée au cinéma avec lui, puis au restaurant, puis encore au cinéma avant de l'accompagner chez lui. Il habitait le nord de la ville, avait une voiture… J'ai vite compris qu'elle ne partait pas chez sa cousine, mais avec ce type « plus âgé que nous » qui n'avait pas encore de nom pour moi, mais que je rêvais déjà de massacrer.

— Comment il s'appelle ?

— C'est sans importance, Koby. Je suis désolée…

Elle s'est mise à courir sous la lumière blafarde des lampadaires. Sans bouger, je l'ai regardée s'éloigner, puis je me suis assis sur le trottoir, sonné par cette rupture que je n'avais pas vue venir, comme si un train m'était rentré dedans. Sans comprendre pourquoi, je me suis mis à rire, d'abord timidement, puis de plus en plus fort. Par chance, il n'y avait personne dans le coin à part moi, sinon on m'aurait pris pour un fou et on m'aurait enfermé. J'ai enfoncé mes doigts dans mes cheveux crépus et j'ai penché la tête vers l'arrière. Une pluie d'étoiles a traversé mes yeux humides pour illuminer mon esprit, qui allait s'enfoncer dans les ténèbres. Je n'arrivais plus à me lever, figé comme les statues de granit du Palais de justice. Je crois que c'est à ce moment que j'ai perdu la notion du temps. Je me suis finalement laissé tomber sur la pelouse de la gare et je me suis endormi, la tête appuyée sur mon bras.

Quand je me suis réveillé, le jour s'était levé. En ouvrant les yeux, j'ai vu une paire de souliers. Mon regard a suivi la ligne des chevilles puis des mollets, jusqu'à la jupe de tissu bleu que dominait un chemisier rose que j'ai reconnu avant même d'apercevoir le visage inquiet de ma mère.

— Qu'est-ce que tu fais là, Koby ? a-t-elle demandé en se penchant sur moi.

J'ai cligné des yeux puis je me suis redressé, tout ankylosé.

— Et toi, m'man… qui t'a dit que j'étais ici ?

Elle a caressé mon visage, puis des larmes se sont mises à couler sur ses joues. Je ne l'avais pas vue souvent pleurer, aussi me suis-je mis à pleurer moi aussi. Elle a serré ma tête contre sa poitrine et, à vingt-deux ans, j'étais redevenu un gamin que sa mère devait cajoler pour le consoler.

— Je suis allée chez Melinda, a-t-elle avoué, et elle m'a raconté…

Nous n'avons rien dit de plus. Elle a embrassé mon front, puis je me suis levé et l'ai suivie jusqu'à la voiture. Nous sommes rentrés à la maison avec le soleil levant dans le rétroviseur, et j'ai dormi toute la journée.

2.

Les jours s'étaient enroulés les uns sur les autres, puis j'avais repris du mieux. Ma mère avait peut-être raison finalement. Tout finit toujours par s'arranger. J'avais recommencé à manger et avais réussi mes examens sans trop de difficulté — même si je n'avais pas atteint mon objectif de la note parfaite, car j'avais perdu deux petits points pour une faute d'inattention. Je n'avais pas revu Melinda, ni Tommy et les BB, mais j'avais prévu de me pointer au Miley's bientôt.

Maggie avait pris soin de moi sans s'imposer. Elle attendait que je me sois bien remis de mon spleen — le mot dépression aurait été exagéré — pour m'annoncer la nouvelle. Un matin, assis devant mes rôties au beurre, je l'ai vue apparaître dans le cadre de la porte. Elle a fixé des boucles ambrées à ses oreilles puis elle s'est lancée, visiblement fière de son coup.

— Devine quoi ? Je t'ai trouvé un emploi d'été.

— Maman… ai-je soupiré. Tu sais que je suis nul avec un marteau ou n'importe quel autre outil de construction.

— Qui te parle de ça ?

— Je vois pas où tu peux avoir des contacts ailleurs que chez Vince Thompson Construction Inc.

— Tu sauras que j'ai des contacts, comme tu dis, dans bien des milieux, a-t-elle gloussé en se dandinant. Tout le monde fait affaire avec nous. La municipalité, les promoteurs immobiliers, les compagnies d'assurances, les institutions financières…

Elle me jouait la comédie, et j'adorais ça. Elle n'était jamais aussi flamboyante que lorsqu'elle se mettait dans la peau d'une autre, le temps d'une réplique ou seulement pour s'amuser. Ses imitations étaient souvent fort réussies. Elle arrivait même à se faire passer pour Oprah Winfrey, avec qui elle ne partageait aucun point commun. Sa Mia Farrow dans *Radio Days* de Woody Allen était hilarante de vérité. Sans pouvoir dire qu'elles se ressemblaient, les deux femmes avaient en commun une abondante chevelure, blonde et frisée, et des pommettes roses et saillantes quand elles riaient.

— Allez, crache le morceau, ai-je dit.

Voyant qu'elle ne réagissait pas, j'ai ajouté :

— C'est chez Vince Thompson, non ?

— Oui, mais…

— J'en étais sûr ! ai-je lancé triomphalement en frappant la table.

— Ce n'est pas comme ouvrier, mais comme gérant de chantier.

Je n'ai pas pu m'empêcher de pouffer de rire.

— Maman, regarde-moi un peu. Je n'ai rien d'un gérant de quoi que ce soit.

— Gérant, gérant… c'est un titre, rien de plus. En fait, il s'agit de contrôler les matériaux qui entrent sur le chantier pour s'assurer que tout est en ordre et dans les bonnes quantités.

— Et y a personne d'autre que moi pour faire ce travail…

— Qu'est-ce que tu me dis là ? Tout le monde veut faire ce travail. C'est l'emploi d'été rêvé, au grand air et pas trop éreintant. C'est une faveur que Monsieur Thompson m'accorde, tu sauras.

— Depuis quand tu acceptes les faveurs de ton patron, m'man ? ai-je dit pour la taquiner.

Elle s'est arrêtée de faire les cent pas dans la cuisine et s'est approchée de moi en pointant son index dans ma direction.

— Ne commence pas ça, Koby. Je déteste ce genre d'insinuations, tu le sais très bien.

Elle avait l'air fâché, mais je n'ignorais pas qu'elle continuait à me jouer du théâtre. Je me suis excusé pour la forme et pour lui montrer que j'étais capable de tenir mon rôle moi aussi.

— Tu commences lundi prochain à sept heures, au chantier de la rue Pennington. Tu devras t'y présenter à six heures trente. Monsieur Thompson sera sur place pour te montrer le boulot. Tu verras, ce n'est rien de compliqué, mais tu devras être à ton affaire.

Elle a attrapé sa veste et m'a salué de la main avant de sortir de la maison. Pour elle, la question était réglée, et comme je n'avais rien à objecter à cette affectation inattendue, je me suis demandé comment j'allais profiter des trois jours de congé qui m'étaient octroyés avant de devoir me lever avec les premières lueurs du jour. Je suis allé m'installer devant ma console de jeu et j'ai lancé le programme. Puis j'ai ouvert mon téléphone portable pour y relever mes messages. Tommy avait rompu avec sa copine et il était sur le coup pour séduire Laura J. Peckford. Mais c'était mal parti pour lui, puisque Laura m'avait elle aussi laissé un message. Elle m'invitait chez elle pour écouter un film qu'elle avait piraté sur Internet et dont je n'avais jamais entendu parler. J'étais surpris de ne pas avoir d'abord cherché un message de Melinda, qui sortait tranquillement de ma vie. Les BB l'avaient croisée avec son nouvel amoureux, un gars du comté voisin qui n'avait pas l'air très allumé, à ce qu'ils ont dit. Ç'aurait été mentir de dire que je m'en foutais, mais cela ne m'avait pas ébranlé outre mesure. J'ai lancé le jeu et mon esprit est entré dans l'état d'apesanteur propice à mon avancement dans les divers niveaux du scénario. Venant de me démultiplier, j'habitais le corps virtuel de mon clone tout aussi intensément que mon corps physique. L'espace et le temps devenaient des notions floues, malléables, aléatoires. Quelque part en Amérique, un zombie appuyait sur des boutons pendant que son avatar traversait les tranchées, une mitraillette à la main, et exterminait tous ceux qu'il croisait sur son chemin. Dans cet univers apocalyptique, je cherchais une glace pour y voir mon visage et me convaincre que j'étais bien celui qui avait réussi à se rendre jusque-là. J'avais dû poser des bombes, trancher la gorge de plusieurs hommes avec mon couteau, tirer à l'aveuglette dans des foules de civils pour me frayer un chemin, mentir, voler… Je ne voyais jamais que mes mains et j'aurais voulu que le jeu me confirme en me permettant de voir mon visage que j'étais bien celui qui avait perpétré tous ces crimes. Cela m'aurait permis, je crois, de me libérer de ce passe-temps puéril, alors que, sans visage, je pouvais y revenir sans crainte que tout cela me soit reproché. Alors, j'ai continué à tuer, à voler et à mentir jusqu'à ce que la sonnerie du téléphone me sorte de là. C'était Maggie, et j'ai tout de suite remarqué que sa voix tremblait à l'autre bout du fil. Elle m'a demandé si ça allait, et sa question m'a étonné.

— Bien sûr que ça va, pourquoi ?

Elle a hésité un moment.

— Personne n'est passé à la maison ?

— Personne, non. Tu attends quelqu'un ?

Elle a mis un certain temps avant de me répondre qu'un chauffeur devait lui livrer une commande faite par la poste.

— Rien d'important, des produits de beauté, a-t-elle ajouté.

— Le livreur n'est pas passé, maman.

— C'est bien, chéri. Je… Tu as mangé ?

— Il est dix heures et demie, m'man. Qu'est-ce qui t'arrive ?

Elle a parlé de la chaleur qui lui faisait perdre la notion du temps, puis elle m'a souhaité une belle journée. Quand elle a raccroché, je me suis demandé si je ne devais pas la rappeler. Il y avait de l'inquiétude dans sa voix, comme si elle craignait qu'il ne me soit arrivé quelque chose de grave. Je n'ai pas cru une seconde à son histoire de livreur, et pourtant une demi-heure plus tard un gars vêtu de l'uniforme brun de la compagnie UPS est venu sonner à la porte. J'ai signé son bordereau de livraison et il m'a remis les cosmétiques de ma mère. J'ai secoué la boîte, puis l'ai déposée sur la table de la cuisine pour que Maggie la voie en rentrant et j'ai oublié tout ça.

Dans l'après-midi, je suis allé prendre l'air. J'ai marché jusqu'au parc municipal, où je me suis assis, le dos appuyé à un arbre, pour entamer la lecture de *Lunar Park* de Bret Easton Ellis, un livre qu'avait dévoré Maggie tout en me déconseillant de m'y plonger. « Ce type est complètement disjoncté », avait-elle dit d'Ellis en tournant la dernière page du livre, et il n'en fallait pas moins pour me le coller aux mains. J'avais lu à peu près tous les romans de Stephen King, et Ellis me semblait pétri de la même pâte. Je suis entré dans le roman et m'y suis englué jusqu'à ce que mon estomac réclame sa ration de nourriture de fin de journée. Il était passé dix-huit heures quand je me suis finalement libéré de la prose psychotique d'Ellis. Comme je savais que j'avais raté l'heure du dîner — Maggie rentrait à dix-sept heures tous les jours, et si je n'étais pas là pour manger, je devais m'organiser —, je me suis arrêté au snack du coin et j'ai commandé un hamburger et une portion de frites, que j'ai trimbalés dans un sac de papier brun jusqu'à la maison. J'ai contourné notre bungalow et suis entré par la porte de derrière. Maggie était assise à la table de la cuisine, le menton appuyé sur ses mains, et j'ai soudain eu la conviction qu'elle avait pleuré dans les minutes qui avaient précédé mon arrivée. Elle m'a regardé déposer mon sac sur la table, puis elle m'a demandé où j'étais. Sa question m'a surpris, car il y avait bien longtemps que Maggie ne gérait plus mes déplacements. J'avais l'impression d'être redevenu l'adolescent qu'elle cherchait jadis à protéger des dangers de la vie.

— Je suis allé lire au parc municipal, maman, ai-je dit d'une voix posée, inquiet à mon tour de la voir dans cet état.

— Tu aurais pu laisser un mot… a-t-elle hoqueté en retenant ses sanglots.

Elle a fermé les yeux puis elle a baissé la tête. Je me suis assis près d'elle et je lui ai enserré les épaules.

— Si tu me disais ce qui se passe…

J'ai tout à coup eu peur qu'elle m'annonce qu'elle était malade et qu'elle allait mourir. Je voyais bien qu'elle n'était plus capable de parler. Il fallait donc que ce soit grave. Je lui ai caressé le dos et j'ai attendu qu'elle rouvre les yeux.

— Tu sais, il arrive parfois que les choses ne se déroulent pas comme nous l'avions prévu, a-t-elle soufflé si faiblement que j'ai dû tendre l'oreille. Nous prenons des décisions, souvent cela ne porte pas à conséquence, mais d'autres sont plus importantes et changent le cours des choses. Nous nous apercevons un jour que nous avons commis des erreurs, que nous n'avons pas fait les bons choix, mais parfois il est trop tard pour que nous puissions corriger le tir.

Je n'osais pas l'interrompre, j'attendais de voir de quelles décisions elle voulait me parler. Mais elle s'est tue si longuement que j'ai craint qu'elle s'arrête là dans la confidence. Aussi l'ai-je un peu bousculée.

— Tout finit toujours par s'arranger, non ? ai-je dit en lui tapotant les mains.

Elle a souri tristement, puis elle a pris ma main.

— Tu as raison, tout finit toujours par s'arranger, a-t-elle répété. Mais parfois, ça prend du temps, et il arrive que nous devions payer le prix qu'exige cette réparation.

— Je sais… Tu es malade, c'est ça ?

Elle m'a regardé, puis elle a glissé une main sur ma joue.

— Mais non… C'est pas ça, je te jure. Je suis en pleine santé, plus en forme que la plupart des femmes de mon âge.

— Qu'est-ce que c'est alors ?

Elle a respiré profondément, puis elle s'est levée pour aller remplir un verre d'eau au robinet. Je la voyais reprendre de son aplomb pendant que l'eau coulait vers son estomac, et j'ai deviné que je n'en saurais pas davantage.

— Un jour, Koby, je te raconterai une histoire…

— Pourquoi pas maintenant ?

— Ça viendra, sois patient.

— C'est une belle histoire ou du genre de celles qu'on préférerait ne jamais avoir entendues ?

Elle s'est versé un autre verre d'eau.

— Ça dépend pour qui. C'est l'histoire de ma vie, Koby. Elle a ses beaux chapitres, surtout ceux où tu es là, avec moi, mais d'autres sont plus sombres.

Elle a bu son eau et elle a déposé son verre sur le comptoir. Je savais que cette discussion venait de prendre fin, qu'elle aurait une suite, mais dans un avenir impossible à situer dans le temps pour l'instant. Je me suis levé à mon tour, j'ai ouvert mon sac et j'ai réchauffé mon repas dans le four à micro-ondes. Maggie a regagné sa chambre et elle n'en est pas ressortie de la soirée.

Après mon repas, je me suis décidé à retourner au Miley's. Tommy était là. Il tournait autour de Laura J. Peckford comme une abeille prête à butiner. Sans surprise, j'ai retrouvé les BB du côté des jeux vidéo. Ils m'ont fait l'accolade et m'ont payé un coca-cola pour souligner mon retour. Puis Laura est apparue dans mon champ de vision. Elle marchait vers moi d'un pas décidé, suivie par Tommy, qui venait de m'apercevoir lui aussi. Dans un élan, il l'a dépassée et s'est jeté sur moi pour me serrer la main et me tapoter l'épaule.

— Salut, Koby ! Content de te voir, mon pote.

J'étais heureux de le retrouver, moi aussi, et ne voulais surtout pas le contrarier. Aussi me suis-je montré distant avec Laura quand elle a voulu m'embrasser la joue. À peine nous sommes-nous effleurés, ce qui a tout de même indisposé mon ami, qui n'a pas réussi à le cacher.

— T'as reçu mon message? a-t-elle lancé. Je veux dire pour le film…

Tommy m'a regardé sévèrement. Je n'avais pas le droit à l'erreur, alors j'ai dit à Laura que j'avais vu son film quand il était sorti au cinéma.

— Ouais, moi aussi, a-t-elle dit, mais c'est tellement bon…

Mon regard passait de l'un à l'autre pendant que je cherchais mes mots. Laura était une jolie fille, et tous les gars qui avaient l'habitude de venir au Miley's auraient accepté son invitation en remerciant Dieu de sa gratitude. Elle avait la peau mate, ni blanche ni noire, un visage tout en longueur, avec un sourire franc et engageant. J'avais depuis longtemps remarqué la longueur de ses doigts minces, et cela m'excitait peut-être davantage que ce qui attire habituellement le regard des garçons.

— Peut-être une autre fois, ai-je fini par lancer, ce qui ne m'engageait à rien sans me disqualifier complètement.

Elle ne m'a pas caché sa déception. Sans doute n'avait-elle pas l'habitude de se faire dire non, mais sa réaction ne m'a pas paru relever de l'orgueil ou de la vanité. Elle s'est simplement retirée en me saluant de la main, et même Tommy n'a pas su comment interpréter ce geste.

— Elle t'a accroché, non? ai-je dit pour le rassurer.

Il a souri, puis il m'a avoué qu'il rêvait à elle toutes les nuits. Alors, je lui ai promis de me tenir loin d'elle le temps qu'il voie ça de son côté. Il m'a serré l'épaule et m'a répété trois fois que j'étais un chic type. Nous avons passé le reste de la soirée à élaborer des plans de sorties pour les week-ends à venir, puis je suis rentré à la maison avant minuit. Maggie s'était endormie devant la télé et j'ai dû la réveiller pour prendre sa place dans le divan-lit. Elle m'a souhaité bonne nuit et s'est enfermée dans sa chambre. J'ai essayé de deviner ce qui, de son passé, avait ressurgi ce jour-là, mais le sommeil m'a vite libéré de ces interrogations.

Quand j'ai eu fait le tour du chantier de la rue Pennington avec Vince Thompson, j'ai compris que ma mère avait minimisé l'ampleur de mes responsabilités de gérant. En plus de tenir le compte des matériaux que les fournisseurs allaient nous livrer, j'avais aussi à surveiller la bonne marche des travaux et à signaler au patron toute irrégularité dans le déroulement des opérations. Je deviendrais en fait les oreilles et les yeux de Thompson sur le chantier, ce qui n'allait pas me rendre sympathique aux yeux des ouvriers, qui me regardaient déjà de travers. Même s'ils savaient que j'étais le fils de Maggie Keller, qu'ils adoraient tous d'un amour quasi filial, je devrais faire mes preuves. Cela voulait dire fermer les yeux et les oreilles de temps en temps, ne pas parler de la cigarette de marijuana échangée pendant la pause, ni du petit flacon en aluminium du vieux Frank, ni rapporter tout ce que les ouvriers pouvaient dire de leur patron quand il n'était pas là. Avec le temps, j'ai réussi à trouver ma zone de confort, sachant rester à la fois probe et tolérant. La plupart de ces hommes étaient plus âgés que moi et en avaient vu d'autres, alors je n'allais pas leur faire la leçon. Comme ils avaient choisi de me respecter, je le leur rendais bien. Quand Vince Thompson se pointait sur le chantier, chacun jouait son rôle et c'était comme si nous ne nous parlions pas, les gars et moi. Mais dès que le patron était reparti, les blagues fusaient de part et d'autre et je ne me gênais pas pour m'en amuser quand elles étaient drôles.

Les mois de juin et de juillet ont passé si rapidement que je n'ai pas eu le temps d'en profiter pleinement. Comme je me levais aux aurores, j'arrivais chez moi vanné à la fin de ma journée et préférais rester à la maison plutôt que d'aller traîner au Miley's. Laura J. Peckford m'avait relancé deux fois — d'abord au téléphone, puis par courrier électronique —, toujours pour aller visionner chez elle ce film dont elle me vantait les qualités et que je savais insipide. Je lui ai dit que je travaillais fort et que je n'avais plus d'énergie une fois le soir venu, puis elle ne s'est plus manifestée. Tommy m'a finalement appris qu'elle avait accepté de sortir avec lui et qu'il l'avait embrassée en sortant du Miley's. Ça, c'était il y a deux semaines, et je n'ai rien appris de neuf depuis.

Puis un après-midi de la mi-août où le soleil liquéfiait l'asphalte et les toitures de papier noir que les ouvriers finissaient de sceller, je les ai aperçus, de l'autre côté de la rue. Je m'étais installé dans la petite guérite pour remplir mes rapports et me protéger du soleil, et j'attendais la dernière livraison de la journée — un chargement de portes et de fenêtres destinées au mur ouest de l'édifice. En levant les yeux, je les ai d'abord pris pour des curieux — les chantiers de construction attirent toujours quelques voisins, qui suivent la progression des travaux d'un œil inquiet ou rassuré, c'est selon. L'homme se tenait droit, un chapeau de cow-boy sur le crâne et les mains derrière le dos, et penchait la tête vers la femme pour lui parler. Elle portait une robe simple, bleu clair, qui tranchait sur la noirceur de sa peau. Je me suis demandé un instant si ce n'étaient pas des inspecteurs municipaux, ou peut-être de futurs locataires de l'immeuble commercial que nous étions en train de construire. La femme ne semblait pas réagir aux paroles que lui glissait l'homme à l'oreille, comme si elle n'arrivait pas à détacher son regard d'un point qui devait se situer juste derrière moi. En adoptant une posture et une démarche désintéressées, mon cartable à la main, je suis sorti de la guérite et j'ai fait quelques pas pour voir ce qui la fascinait autant, mais je n'ai rien remarqué qui puisse attirer l'attention. Quand je suis revenu à mon poste, ils s'éloignaient dans la rue, main dans la main, ce qui m'a surpris. Les couples mixtes devenaient de plus en plus nombreux, mais il ne m'était pas arrivé d'en voir beaucoup, mis à part les parents de Laura J. Peckford. Je les ai regardés monter la rue, puis j'ai eu l'impression que la femme pleurait. L'homme lui a tendu un mouchoir de tissu, qu'elle a repoussé doucement…

Je suis rentré à la maison avec cette image, ce jour-là, et c'est pour m'en débarrasser que j'ai voulu la partager avec ma mère quand nous nous sommes attablés pour manger. Je lui ai d'abord raconté ma journée, lui ai décrit avec force détails la colère de Vince Thompson quand je lui avais annoncé que notre fournisseur de briques ne nous avait pas livré toutes les palettes de notre commande. Le chauffeur avait beau lui certifier que le reste allait arriver le lendemain à la première heure, Thompson ne dérougissait pas. Puis je lui ai parlé du cow-boy et de sa compagne qui étaient venus se planter devant le chantier, mais ce sujet de conversation n'a pas paru l'intéresser, même quand je lui ai dit qu'il m'avait semblé que la femme était partie en pleurant. Maggie s'est levée de table sans réagir, elle a rincé son assiette puis elle est allée s'asseoir devant la télé pour écouter le téléjournal. Son manque d'enthousiasme devant mon histoire est venu confirmer le peu d'intérêt qu'elle pouvait représenter, et mon esprit s'en est donc déchargé sans y revenir.

Le mois d'août a coulé comme une poignée de grains de sable dans l'entonnoir qui nous a menés au mois de septembre — et, en ce qui me concerne, à la rentrée des classes. J'ai salué les gars du chantier à la fin de mon dernier quart de travail, et ils m'ont invité à aller prendre une bière avec eux à la brasserie du coin. Pendant trois heures, les blagues et les anecdotes ont volé au-dessus des tables presque aussi rapidement que les verres se vidaient. Je me sentais bien avec ces hommes aux manières rustres, qui ne disaient jamais le contraire de ce qu'ils pensaient, même s'ils pensaient de travers de temps en temps. La serveuse les connaissait tous par leur prénom, et il y avait longtemps que leurs allusions salaces ne l'impressionnaient plus. Elle avait le sens de la répartie particulièrement aiguisé et savait remettre à sa place celui qui s'aventurait un peu trop loin sur le chemin de la familiarité. Je suis sorti de la brasserie en titubant et je suis rentré chez moi à pied pour me remettre le compas dans l'œil, mais en vain. Quand je me suis étendu sur le divan, la terre tournait encore autour de moi, même lorsque je fermais les yeux. Maggie m'a fait boire du sel Eno, ce qui a eu pour effet de déboucher mes boyaux mais ne m'a pas stabilisé pour autant. Seul le sommeil pouvait réparer ce genre de chose, et je m'y suis laissé emporter sans résister.

3.

Laura J. Peckford habitait avec ses parents un bungalow de la partie ouest de la ville. Son père afro-américain, Thomas Peckford, était acuponcteur — tous des charlatans, disait Maggie depuis que celui qu'elle avait consulté n'avait pas réussi à la soulager des migraines qui l'assaillaient depuis quelque temps. Sa mère, Helen Jarvis, dont les yeux bleus et les lèvres généreuses lui dessinaient un joli visage, venait de terminer une formation d'agent immobilier. Comme ils étaient tous les deux très occupés, Laura se retrouvait souvent seule à la maison, où je la rejoignais presque tous les jours de la semaine depuis que nous nous étions croisés par hasard au parc municipal — j'ai cru sur le coup qu'elle m'avait suivi, mais elle m'a juré que non. Nous avions discuté de Tommy pendant tout au plus trente secondes, le temps en réalité de faire le point sur leur relation — ils avaient rompu quelques jours plus tôt —, puis nous avions parlé d'avenir.

À court terme, cet avenir passait par la chambre de Laura, où nous nous étions découvert des atomes aussi tordus que crochus. J'étais toujours aussi fasciné par ses doigts longs et fins, qui glissaient sur mon corps comme des petits serpents, mais j'avais aussi levé le voile sur d'autres particularités de son corps qui me séduisaient tout autant. Sa peau, plus pâle que la mienne, goûtait la vanille ou quelque chose qui s'en approchait. Quand nous nous emportions, elle devenait moite et ma langue se réjouissait du goût salé de sa sueur.

Malgré les élans lubriques auxquels les premiers jours d'un amour naissant peuvent inciter, je me sentais bien avec Laura en toute circonstance, et pas seulement au lit. Elle avait un esprit fin, curieux, ouvert et intéressé par tout plein de choses. Férue d'histoire, elle connaissait le parcours personnel de tous les fondateurs de notre pays, pouvait faire le récit de la guerre de Sécession comme si nous y étions, citer des statistiques étonnantes sur la disparition de certaines tribus autochtones — aujourd'hui, nous parlerions de génocide… Elle avait même appris des rudiments de français pour pouvoir lire des textes qui se référaient à la période où l'Amérique avait été foulée et défrichée par des explorateurs de l'Hexagone, plus enclins que les Anglais à se mêler aux Autochtones pour découvrir le territoire. Elle rêvait même de partir pour un long périple à travers l'Amérique : longer la côte vers le sud, puis remonter vers l'ouest jusqu'au Canada, qu'elle traverserait presque en entier pour atteindre une partie de ce pays où les gens parlent encore français, en bordure du fleuve Saint-Laurent, dans une vallée qui avait été le berceau de la présence européenne sur le continent et de laquelle étaient partis les ancêtres maternels de Laura, des Gervais que le temps avait transformés en Jarvis, venus travailler dans les usines de la Nouvelle-Angleterre pour nourrir leur famille. Elle me racontait tout ça comme si elle l'avait elle-même vécu alors que ses arrière-grands-parents avaient fait ce voyage au début du vingtième siècle.

Cette conscience des origines ne m'avait jamais atteint, puisque les miennes demeureraient floues et inaccessibles à tout jamais. À peine avais-je la certitude, à cause de la couleur de ma peau, d'avoir des ancêtres partis d'Afrique noire pour servir d'esclaves en Amérique. Aussi l'enthousiasme de Laura pour la généalogie me fascinait-il autant qu'il m'indisposait, parce que mon arbre personnel s'arrêtait net à la base du tronc, et que celui de Maggie ne montait pas plus haut lui non plus. C'était à croire que ma mère n'avait pas eu de parents. Intellectuellement, la déclinaison des liens qui unissent les gens de ce pays à leurs ancêtres européens m'intéressait, mais une partie de moi-même se révoltait devant ce culte du passé sans que je puisse trouver les mots pour exprimer cette révolte. Je savais cependant qu'elle venait de mon impossibilité de me situer dans un continuum temporel et historique définissable, et que je n'avais pas à en vouloir à Laura de s'intéresser à cette réaction en chaîne de causes et d'effets qu'on appelle l'histoire. Cela la distinguait des autres filles de notre âge, qui ne vivaient que dans le présent et dont les champs d'intérêt étaient tous regroupés sous le toit d'un centre commercial. Sans mémoire et sans grandes ambitions, elles n'avaient rien à faire ni du passé ni de l'avenir. Et il ne leur était pas difficile de trouver un garçon qui partageât leur vision du monde. Alors, quand un soir Laura m'a demandé si j'accepterais de partir avec elle l'été suivant pour ce long voyage à travers l'Amérique, je me suis mis à réfléchir à ce que cette recherche allait pouvoir m'apporter.

— Ce pays est à nous, Koby, et on ne le connaît pas.

Je me cherchais un argument pour décliner l'offre.

— Trente pour cent des Américains sont incapables de situer leur pays sur une carte du monde.

C'était le seul pavé que mon esprit avait trouvé à lancer dans la mare, et il a coulé raide.

— Je te parle pas des Américains, Koby, je te parle de nous. Et je vois pas ce que cette statistique vient faire dans notre discussion.

J'ai essayé de sauver la face.

— Les gens ont pas besoin de connaître leur pays pour vivre leur vie.

— Tu veux vraiment mourir idiot ?

La question ne pouvait souffrir de réponse positive, aussi ai-je tenté de la contourner.

— Je veux mourir heureux.

— Le bonheur passe parfois par la connaissance, non ? Par le plaisir de chercher des réponses aux questions que nous nous posons.

Pour mettre un terme à cette conversation, qui prenait une tournure que je n'aimais pas, et parce que nous avions du temps devant nous pour y revenir, j'ai dit OK. Elle m'a sauté au cou et m'a léché l'oreille gauche. Puis sa langue s'est frayé un chemin jusque dans ma bouche, et quand j'ai constaté qu'elle ne s'arrêterait pas là, je me suis dit que j'allais devoir faire ce voyage avec elle parce que je ne voyais pas comment je pourrais la laisser partir toute seule.

Nous avons passé le reste de l'année scolaire à préparer notre voyage, Laura et moi. Ma mère m'encourageait à partir et déposait trente dollars par semaine dans mon compte bancaire pour me démontrer son appui de manière concrète. Laura, de son côté, pouvait compter sur la fortune de ses parents et ne se posait pas trop de questions d'ordre financier. Nous avions dessiné notre itinéraire au marqueur rose sur une carte de l'Amérique du Nord. Celui-ci prenait la forme d'un immense cercle, que nous allions mettre quatre mois à parcourir à bord de la Ford Focus d'occasion que monsieur Peckford avait dénichée pour sa fille. Nous avions tous les deux appris à conduire et avions obtenu notre permis le même jour, à une heure d'intervalle. Un long débat nous avait déchirés, Laura et moi : allions-nous utiliser le GPS que son père lui avait offert avec la voiture ? J'avais l'impression que ce machin nous empêcherait de nous perdre de temps en temps, et que c'était justement dans ces moments d'incertitude que nous rencontrerions des gens intéressants, prêts à nous aider et peut-être à nous raconter une partie de leur vie. Après une longue discussion, Laura avait fini par me donner raison et elle avait rangé le GPS dans sa commode avec un pincement au cœur, encore convaincue que l'appareil allait nous manquer.

Le jour de notre départ, Laura a garé la Focus devant chez moi. Elle a ouvert le coffre arrière et nous avons dressé l'inventaire de ce que nous devions y entasser. La tente, le matelas gonflable, les sacs de couchage et le réchaud étaient déjà là, entassés dans un coin. Il fallait prévoir un espace pour la glacière et les deux chaises pliantes. J'avais aussi acheté une bâche bleue pour protéger tout ça de la pluie. Laura tenait une liste, dont elle cochait les articles un à un après s'être assurée qu'ils avaient été mis dans la voiture. Les vêtements, les oreillers et les couvertures resteraient dans l'habitacle, sur la banquette arrière.

— Il nous manque tes CD, a-t-elle dit en levant les yeux de sa liste, ton petit sac en tissu avec ta brosse à dents, tes savons et tout le reste, et tes souliers de marche.

Je suis retourné dans la maison. Tout cela était à portée de main dans le salon, où est apparue Maggie, qui venait d'enlever son tablier pour nous dire au revoir.

— Ça va ? Tu as tout ce qu'il te faut ? a-t-elle demandé nerveusement.

Je lui ai souri et lui ai répété de ne pas s'en faire.

— Je m'en fais pas, mais tu es tout ce que j'ai d'important dans la vie, alors il faut me promettre d'être prudent.

J'ai promis, puis elle m'a embrassé sur les deux joues. Je voyais qu'elle retenait ses larmes. Elle a secoué la tête puis a soufflé un bon coup.

— C'est moi qui rêve ou il fait chaud aujourd'hui ?

Je l'ai serrée contre moi une dernière fois et nous avons rejoint Laura qui, appuyée sur la voiture, regardait la carte routière. Ma mère s'est aussitôt énervée et a remonté l'allée vers la maison.

— Attendez, j'en ai pour une minute, j'ai un cadeau pour vous.

Elle est revenue trente secondes plus tard avec une boîte emballée dans un papier de soie vert, qu'elle nous a tendue avec un brin de cérémonie.

— J'espère que vous apprécierez, a-t-elle dit en détournant les yeux pour cacher son émotion.

J'ai pris la boîte et j'ai regardé Laura, qui m'a demandé ce que j'attendais pour l'ouvrir. Alors, j'ai déchiré le papier de soie et nous avons découvert qu'il s'agissait d'un système d'orientation par GPS.

— Le vendeur m'a dit, et j'espère que c'est la vérité, que toutes les cartes routières de l'Amérique du Nord se trouvent dans cet appareil.

Dans un élan qui a surpris ma mère, Laura s'est approchée d'elle et l'a embrassée sur la joue.

— Merci, Madame Keller, c'est vraiment gentil... vraiment. C'est pas qu'on sait pas lire une carte, mais avec ça, on risque pas de se perdre, a-t-elle ajouté en tournant la tête vers moi.

J'ai remercié ma mère, moi aussi, puis nous sommes montés dans la Focus, Laura comme conductrice et moi comme passager. Ma mère est restée à distance, une main sur sa bouche pour que nous ne la voyions pas se crisper. Puis les larmes se sont mises à couler sur ses joues, mais j'ai feint de ne pas les voir. Je lui ai envoyé la main, elle a agité les doigts, puis la voiture s'est mise en route. Mais nous n'avions pas parcouru vingt-cinq mètres quand j'ai crié à Laura de s'arrêter en empoignant son bras. Mon emportement l'a tellement surprise que les pneus de la voiture ont émis un petit bruit aigu quand elle a appuyé sur la pédale de frein. Elle m'a regardé avec de grands yeux ronds.

— Qu'est-ce qu'il y a ? Tu as oublié quelque chose ?

Je suis resté figé un moment, puis j'ai débouclé ma ceinture de sécurité.

— Attends-moi un instant...

Je l'ai entendue crier mon nom quand je suis descendu de la voiture, mais ce que je venais de voir avait donné à mon esprit la forme d'une flèche lancée en direction du bosquet de notre voisin d'en face. Car devant ce bosquet se tenaient, bien droits, l'homme et la femme que j'avais vus l'année précédente devant la guérite du chantier de la rue Pennington. Le type portait le même chapeau de cow-boy qu'à cette époque, et la femme avait elle aussi remis la robe bleu clair dans laquelle elle m'était apparue.

Au moment où je fonçais vers eux, décidé à leur demander pourquoi ils se tenaient là, immobiles devant notre maison, ma mère s'est mise à hurler.

— Non, Koby ! Retourne à la voiture et pars !

Elle était paniquée et courait vers moi. Je ne comprenais pas ce qui se passait. L'homme et la femme restaient immobiles, les yeux fixés sur ma mère, qui a foncé sur moi pour me pousser vers la voiture.

— T'occupe pas de ces deux-là, je m'en charge.

— Tu les connais ? L'an dernier, au chantier, tu te rappelles quand je t'ai raconté…

— Va, pars en paix.

C'est à ce moment que j'ai entendu comme une détonation. Ce n'était pas un coup de fusil, mais l'homme qui venait de crier dans notre dos. Ma mère a manqué d'air et j'ai cru pendant un court moment qu'elle venait effectivement d'être atteinte d'un projectile d'arme à feu. Pourtant, ce n'était pas son nom que l'homme avait aboyé. Il cherchait une certaine Maureen, et nous n'en connaissions pas. Laura est descendue à son tour de la voiture pour voir ce qui se passait. Il y avait dans ses yeux la même perplexité qui me faisait froncer les sourcils. Les mains de ma mère tremblaient pendant qu'elle me répétait de fuir, mais il n'était pas question que je parte sans avoir tiré cette histoire au clair. Aussi s'est-elle mise à crier.

— Va-t'en, j'te dis ! Ces gens sont dangereux ! Vite, déguerpis avant qu'il soit trop tard !

Je ne voyais pas comment j'aurais pu la laisser seule dans cet état, surtout si ces gens étaient réellement dangereux. Ce n'était pourtant pas ce qu'ils annonçaient. L'homme s'est avancé lentement vers nous, puis il a dit d'une voix posée :

— Maureen, ça suffit. C'est terminé maintenant.

NICK

1.

Quand j'ai poussé la porte de la chambre d'hôpital dans laquelle on avait installé Lonie après l'accouchement, je l'ai trouvée recroquevillée sur elle-même. Son visage livide exprimait une sorte de désarroi. Elle m'a à peine regardé, en tournant la tête légèrement vers moi. J'ai refermé la porte et je me suis approché d'elle. Dès que nos mains se sont touchées, nous nous sommes mis à pleurer tous les deux, comme si tout ce que nous avions enduré au cours des six dernières années nous remontait à la gorge pour nous étouffer. Ce que les autres couples vivaient habituellement dans le bonheur — la naissance d'un premier enfant — prenait pour nous la forme d'une épreuve à surmonter. Notre fille était en bonne santé et l'accouchement n'avait pas été trop difficile physiquement, mais Lonie n'avait pu s'empêcher de vivre cette grossesse dans la réclusion, comme s'il s'agissait d'une trahison, d'une ruse de la vie pour la forcer à oublier son fils disparu. Pourtant, chaque jour de notre existence nous pensions à lui, et nous n'avions jamais cessé de le chercher.

Ludo allait avoir onze ans bientôt, et nous ne l'avions pas revu depuis que ma sœur Maureen s'était enfuie avec lui. Nous avions tout tenté pour les retrouver, j'avais fait jouer tous mes contacts pour que les corps policiers de tout le pays se mettent à la poursuite de ma sœur, qui nous avait laissés en plan en se poussant avec ma voiture. Mais, agissant comme une professionnelle, elle avait abandonné mon véhicule rapidement pour se terrer dans des piaules minables et ne se déplacer qu'en transports en commun. Elle avait tout fait pour brouiller les pistes, s'était inscrite à des hôtels où elle n'avait jamais séjourné, avait changé de nom plusieurs fois, ne restait jamais plus de trois jours au même endroit. Elle avait vidé le compte bancaire de son mari, ce qui lui avait permis de faire le tour des États-Unis plusieurs fois. Sa photo était affichée dans tous les postes de police du pays, et plusieurs témoins affirmaient l'avoir croisée avec le petit dans une gare ou sur une place publique, mais les agents y arrivaient toujours trop tard. Après un an, les indices se sont espacés, puis plus personne ne les a vus. J'ai alors supposé que Maureen avait quitté le pays, en emportant avec elle tout espoir que nous retrouvions Ludo.

Je me suis étendu près de Lonie et j'ai laissé ma peine se mêler à la sienne. En fermant les yeux, je l'ai revue le jour où le drame s'était produit. Nous revenions vers ma voiture, dans laquelle Maureen devait nous attendre avec Ludo. Quand nous nous sommes rendu compte que mon automobile n'était plus là, nous avons supposé que Maureen avait dû la déplacer et qu'elle repasserait nous prendre. Mais plus les minutes s'écoulaient, plus j'acceptais l'idée absurde qu'elle s'était enfuie avec le petit. Dans un autre contexte, cela ne m'aurait pas même effleuré l'esprit, mais ma sœur venait de se séparer de son mari, elle était déjà en fuite en quelque sorte, et son plus grand malheur était de n'avoir pas eu d'enfant avec cet homme. Si j'additionnais les données de l'équation, la réponse m'apparaissait de plus en plus claire. Lonie, elle, ne voulait pas y croire. Aussi, quand je lui ai dit de me suivre jusqu'à une cabine téléphonique pour que nous puissions prévenir la police locale, elle a refusé de bouger. Je lisais tant d'hébétude dans son regard humide que j'ai cru qu'elle allait perdre connaissance. Elle répétait : « Je reste ici, je veux revoir mon fils… », et j'ai bien senti qu'elle espérait encore que Maureen revienne alors qu'il était évident que celle-ci nous avait fait faux bond. Alors j'ai dit : « Très bien, attendez-moi ici. Mais surtout, quoi qu'il arrive, ne bougez pas de là. C'est promis ? » Elle a promis. Je me suis élancé et j'ai couru dans les rues de la ville jusqu'à ce que je trouve un téléphone public. Je n'avais pas raccroché que déjà j'entendais les sirènes des véhicules de patrouille qui venaient vers moi. Des confrères m'ont fait monter et nous avons rejoint Lonie, qui ne comprenait pas pourquoi je revenais dans un véhicule de police. Elle s'était assise au bord du trottoir, alors je me suis penché sur elle et je lui ai pris les mains.

— On va les retrouver, ai-je dit pour la rassurer.

— Peut-être qu'ils ont eu un accident ?

— Sans doute, c'est ce qu'on est en train de vérifier, ai-je répondu en sachant que ce n'était pas ça, que ma sœur venait en réalité de prendre la pire décision de sa vie et qu'elle allait devoir en répondre quand on lui mettrait la main dessus.

Et dans cette chambre d'hôpital, alors que je serrais Lonie contre moi pour apaiser son chagrin, je n'arrivais pas moi non plus à me sortir de la tête les dernières images que j'avais gardées de son fils. Pourtant, ma fille venait de naître. Elle était là, dans une pièce à côté, en train de vivre les premières heures de son existence, et nous ne savions pas, sa mère et moi, comment nous réjouir de son arrivée. Nous allions l'appeler Hope, pour nous obliger à croire que tout était encore possible. Hope Delwigan. La première enfant métisse de ma petite ville, qui avait bien changé en six ans. Quand j'étais rentré à la maison avec Lonie, une semaine après la disparition de Ludo, on nous avait regardés de travers. Jamais notre ville n'avait connu de couples mixtes — le grand tabou américain, même dans les grandes villes. L'histoire de l'enlèvement de Ludo par Maureen a fini par faire les manchettes et tout le monde a cru que j'hébergeais Lonie pour racheter la faute de ma sœur — ce qui n'était pas faux au début. Mais nous savions, Lonie et moi, que nous avions été mis sur la même route pour que naisse de cette rencontre davantage qu'une simple relation d'accommodement. La vie avait voulu que cette relation prenne forme concrètement dans des conditions difficiles, et que ce soit par le chagrin et la désolation que nous tissions nos liens. Or ils en sont devenus plus solides et pratiquement impossibles à dénouer.

Les jours et les semaines ont passé. La police canadienne avait retrouvé Liana, la cousine de Lonie, et l'avait retournée dans son pays. La pauvre aurait voulu rester là où on l'avait découverte, une piaule malfamée de Toronto où elle vendait son corps pour subvenir aux besoins de son copain héroïnomane. De retour dans son village, elle s'était enfermée dans la maison de sa mère et avait cessé de s'alimenter, ce qui avait inquiété Lonie, qui avait finalement réussi à lui parler au téléphone pour lui faire comprendre la chance qu'elle avait d'être sortie de son enfer, et pour lui raconter le sien… Liana s'était remise à manger le lendemain.

Il est difficile d'expliquer comment et pourquoi nous réussissons à continuer à vivre après qu'une catastrophe de cette ampleur nous a fait tomber dans un gouffre large et profond. Nous sommes là, au fond du trou, et nous regardons la lumière tout en haut. Et même si nous savons que jamais nous ne pourrons l'atteindre de nouveau, sinon au jour de notre mort, et encore, nous nous entêtons à respirer, à nous asseoir et à nous relever, à manger les pousses d'herbe qui se sont fixées aux parois de la crevasse et à boire l'eau terreuse qui suinte des rochers. Nous savons que personne ne viendra nous lancer l'échelle de corde qui nous permettrait de nous retrouver là où nous étions avant le drame, et pourtant nous continuons d'espérer…

Après six ans, nous avions assumé notre peine, Lonie et moi, et acceptions qu'elle nous secoue encore — comme dans cette chambre d'hôpital — quand un événement nous rappelait ce que nous avions vécu. Dans les premières semaines après l'enlèvement, cette peine s'était transformée en rage — combien de fois ai-je secrètement rêvé d'étrangler ma sœur pour la punir de ce qu'elle nous avait fait vivre ? Puis nous avions éprouvé de la pitié pour Maureen, incapables de nous convaincre qu'elle avait voulu nous causer du mal et impressionnés par la férocité du vide intérieur qui devait la ronger pour qu'elle en vienne à commettre ce geste immonde. Puis nous étions entrés sans trop nous en rendre compte dans un état dépressif qui nous empêchait de reprendre goût à la vie. Nous avons consulté un psychologue spécialisé dans le traitement des chocs post-traumatiques, le docteur William Bradshaw, qui nous a fait comprendre que ce que nous vivions était normal et qui nous a aidés à atteindre l'étape suivante, celle de la résignation tranquille. Nous savions que notre soif demeurerait à tout jamais inassouvie, que notre corps nous rappellerait constamment la plaie que la blessure avait laissée, mais nous voulions continuer à vivre, pour être là quand Ludo allait revenir. Pour tout dire, c'était tout ce qui maintenait Lonie en vie : le retour espéré de son fils.

Une infirmière est entrée dans la chambre d'hôpital où Lonie venait de s'endormir, serrée dans mes bras, et elle a souri en me voyant couché là, dans le lit, collé contre le dos de ma femme. Elle s'est excusée dans un murmure et elle est sortie de la chambre sans faire de bruit. Lonie s'est réveillée puis elle s'est tournée vers moi.

— Ça ira, Nick, a-t-elle dit avant de déposer un baiser sur mon front.

Et je me suis remis à pleurer, ému par son courage.

Pour Lonie et moi, la décision d'avoir un enfant n'avait pas été facile à prendre, et il avait été entendu qu'un autre suivrait rapidement. Destiny Delwigan est donc née dix-huit mois après sa sœur aînée, qui déjà courait dans les cinq pièces de la maison que nous avions achetée trois mois plus tôt. Depuis que Lonie était devenue Madame Nick Delwigan — nous nous étions mariés un an après la disparition de Ludo, d'abord parce que nous nous aimions, mais aussi pour régulariser la situation de Lonie auprès du bureau de l'Immigration —, elle pouvait marcher dans la rue et faire ses emplettes sans qu'on se retourne constamment sur son passage. Et l'achat de cette maison dans un nouveau quartier de la ville lui avait permis de se trouver de nouvelles amies, des voisines sympathiques et modernes pour qui la couleur de la peau ne constituait pas un sujet de conversation. Elles étaient toutes à la maison quand nous sommes rentrés de l'hôpital avec Destiny, et nous avaient préparé des repas pour que Lonie n'ait rien à faire des trois semaines suivantes. J'assumais tant bien que mal ma part des tâches ménagères, mais, n'ayant aucun talent pour la cuisine, j'avais mangé chez Miles pendant toutes les années où je n'avais eu personne dans ma vie. L'arrivée des petites allait me permettre de remédier à ça, comme à bien d'autres carences. Surtout lorsque Lonie a décidé qu'elle chercherait du travail. C'était il y a cinq ans maintenant, quand Destiny est entrée à l'école. D'abord engagée comme préposée au rangement, ma femme est devenue responsable de la bibliothèque municipale lorsque Miss Logan a rendu l'âme le printemps suivant. Pendant l'office de Pâques, le bruit de son corps tombant entre les bancs de l'église avait interrompu le sermon du prédicateur Levingston, qui s'était précipité vers elle pour lui prodiguer les premiers soins, en vain. Curieuses, Hope et Destiny s'étaient approchées de la scène, et elles avaient gardé un souvenir horrifié du pasteur Levingston en train de masser la poitrine de la vieille Logan. Il nous avait fallu leur expliquer la manœuvre plusieurs fois pour qu'elles finissent par accepter qu'il n'avait pas voulu lui causer du mal.

Un jour, alors que je rentrais du boulot un peu plus fatigué que de coutume parce qu'il faisait une chaleur accablante et que j'avais passé la journée avec mes collègues à arpenter un champ immense à la recherche d'indices pour élucider un meurtre sordide — celui de Betty Marshall, commis de toute évidence par le jeune Darrel Brown, le fils du garagiste que la drogue avait rendu zombie —, j'ai trouvé mes deux filles assises à la table de la cuisine, leurs cahiers d'école bien en ordre devant elles. Elles avaient les yeux vitreux et cherchaient à attirer mon attention sur ce que la scène avait d'anormal. Après un moment, je me suis aperçu qu'elles n'avaient pas encore mangé — puisque je rentrais tard, elles avaient l'habitude de dîner avant mon arrivée. Je leur ai demandé où était leur mère et elles m'ont indiqué la porte close de notre chambre.

— Elle a dit de pas la déranger, a murmuré Destiny, information qu'a confirmée sa grande sœur en haussant les sourcils.

— Ça fait longtemps qu'elle est là-dedans ? ai-je demandé en tentant de minimiser le drame que cela pouvait représenter.

— Elle était déjà là quand nous sommes rentrées de l'école, a soufflé Destiny.

— Ouais, et elle a dit : vous mangerez avec votre père ce soir, a ajouté Hope.

Décidément, il se passait quelque chose de grave, car je n'avais jamais vu Lonie se retirer ainsi. Aussi ai-je demandé aux filles de m'attendre dans le salon et suis-je allé frapper à la porte de notre chambre. Comme Lonie ne me répondait pas, j'ai ouvert et l'ai trouvée endormie sous les couvertures du lit. Je me suis assis près d'elle et j'ai caressé son front du revers de la main. Elle a ouvert les yeux et s'est aussitôt mise à sangloter.

— Où tu étais ? a-t-elle demandé sèchement.

— Mais… au travail.

— J'ai tenté de te joindre cet après-midi.

— J'étais sur le terrain à chercher des indices pour une histoire de meurtre. Tu sais, Betty Marshall, la jeune fille qu'on a retrouvée près de la rivière. T'avais qu'à préciser au répartiteur que c'était urgent et il m'aurait appelé par radio. Qu'est-ce qui se passe ?

Lonie s'est redressée dans le lit. Je sentais qu'elle voulait me dire quelque chose, mais les mots n'arrivaient pas à traverser le mur tremblotant de ses lèvres. Puis j'ai remarqué le bout de papier qu'elle tenait entre ses mains. Elle y avait inscrit un numéro de téléphone.

— Qu'est-ce que c'est ? ai-je demandé en indiquant le bout de papier.

Lonie a respiré à fond.

— C'est le numéro personnel de ton ami Bob Greenspan, de la police de l'État de New York.

— Bob a appelé ici ?

J'avais fait ma formation de policier avec ce gaillard, à qui je parlais une ou deux fois par année quand nous avions des dossiers qui pouvaient nous concerner tous les deux, mais sans plus. Nous n'avions pas gardé de contacts plus amicaux que ceux-là, et j'étais surpris qu'il ait appelé à la maison plutôt qu'au poste de police.

— Il t'a dit ce qu'il voulait ?

Lonie a levé les yeux sur moi, et à peine avait-elle ouvert la bouche que j'ai compris de quoi il s'agissait.

— Il croit avoir retrouvé ta sœur, Nick, a dit Lonie avant de se coller contre moi.

Je l'ai serrée dans mes bras et me suis permis de laisser monter en moi le flot d'émotions que la nouvelle venait de susciter. Mes yeux se sont embués, et mon esprit s'est embrouillé lui aussi. Car je n'étais pas capable de dire si ma femme venait de m'annoncer une bonne ou une mauvaise nouvelle. Maureen avait enlevé Ludo il y avait plus de seize ans. Sans doute le petit ne gardait-il qu'un souvenir éthéré de ce qu'avait été sa vie avant cet enlèvement. Malgré tout, il n'était pas question de ne pas le revoir si jamais Bob avait raison. Aussi ai-je pris le bout de papier et me suis-je réfugié dans la salle de bain avec le téléphone sans fil pour appeler mon collègue.

Il fallait évidemment que ce soit par hasard que celui-ci ait pu établir un lien avec la femme qu'il avait côtoyée par affaires — Bob était conseiller de sa petite municipalité et il avait eu à négocier des contrats de construction avec l'entreprise de Vince Thompson, un des plus importants entrepreneurs de sa région. Or il avait appris, en discutant amicalement avec la secrétaire de Thompson, une femme du nom de Maggie Keller, qu'elle avait un fils de couleur qu'elle élevait seule depuis qu'elle l'avait adopté quand il était tout jeune. Et ce n'est qu'en rentrant à la maison que l'esprit de Bob s'était emballé. La fulgurance de son intuition l'avait fait retourner au poste de police pour y ressortir les photos de Maureen disséminées dans toute l'Amérique seize ans plus tôt.

— Écoute, Nick, je suis à peu près certain que c'est elle. J'en ai parlé à personne encore, parce que je me suis dit qu'après toutes ces années c'était peut-être pas la meilleure chose à faire que d'envoyer une patrouille annoncer au jeune que sa mère l'a enlevé quand il avait cinq ans…

— Merci, Bob, tu as raison… écoute… je sais pas quoi dire. J'ai envie de te demander de garder ça pour toi quelques jours. Je…

— Oui…

— Je voudrais en discuter avec Lonie, tu comprends ?

— Bien sûr.

— Je veux dire… c'est un choc pour nous, tu sais.

— Je comprends.

— Alors si tu pouvais…

— Je peux, Nick.

— S'agit pas de couvrir ma sœur.

— Je sais.

— Je te promets de rien faire pour la disculper…

— Je sais, Nick.

— Mais si tu nous laissais un peu de temps, on essaierait de voir ce qu'on peut faire de mieux pour…

— Tu prends tout ton temps, Nick. Ça reste entre nous jusqu'à ce que tu décides que nous agissions.

— Merci, Bob, t'es un chic type tu sais.

— On est des amis, Nick.

— Oui, tu as raison… Tu as son adresse ?

— Je l'ai, Nick. T'as de quoi noter ?

— Je t'écoute.

Bob m'a donné l'adresse de ma sœur, ainsi que celle de la boîte où elle travaillait. Je l'ai remercié plusieurs fois avant de raccrocher, puis je suis resté là, assis sur le couvercle de la cuvette, incapable de bouger, comme anesthésié par ce qui nous arrivait alors que c'est ce que nous attendions depuis tant d'années. Les minutes ont passé, puis Lonie est venue frapper à la porte de la salle de bain. Je suis allé ouvrir, puis je me suis mis à pleurer. Elle s'est laissée tomber lentement sur le plancher de céramique et je me suis courbé sur elle après avoir refermé la porte pour que notre peine ne se rende pas jusqu'à nos filles, toujours installées devant la télé du salon.

Une fissure venait de déchirer le côté le plus sombre de nos vies, et la lumière qui y perçait était aveuglante tellement elle irradiait. Nous savions, Lonie et moi, que cet éclat fulgurant pouvait nous brûler les yeux si nous nous en approchions trop rapidement. Il nous fallait prendre le temps de réfléchir à ce qu'il convenait de faire des informations que nous venions de recevoir, et d'apprendre à apprivoiser la douleur nouvelle qu'elles nous causaient. Nous nous sommes étreints longuement, puis, nous ressaisissant, nous avons séché nos larmes et nous sommes même mis à rire sans trop comprendre pourquoi. Sans doute étions-nous en train de nous débarrasser de la toile que la mort maintes fois imaginée de Ludo avait tissée autour de nos corps ankylosés. Puis, dans un éclair, j'ai revu ma sœur alors que nous étions enfants. Elle portait une robe claire, d'un jaune très pâle. Elle se tenait droite, les mains derrière le dos, et souriait maladroitement devant mon père qui la photographiait avec un appareil Polaroïd. Accroché à son bras, j'attendais le moment magique où l'image allait apparaître sur le carré de papier ciré. Puis j'ai pensé au malheur de ma sœur, à son désespoir. Car il fallait être désespéré pour en venir à commettre le geste qu'elle avait commis. Et je me suis surpris à éprouver pour elle une pitié si intense que je me suis éloigné de Lonie, comme si je venais de la trahir en pensée. Elle m'a regardé, puis elle a pris mon visage entre ses mains.

— Ce ne sera pas facile, Nick, mais il va falloir y aller.

J'ai acquiescé de la tête, même si mon corps se révoltait déjà à l'idée de devoir vivre ça, c'est-à-dire les retrouvailles et l'affrontement inévitable qui allait s'ensuivre.

— Je veux partir demain, a ajouté Lonie avec dans le regard une telle détermination que je n'ai pas osé lui proposer de laisser les choses décanter un peu.

— Oui, chérie… c'est à plus d'une journée de route, tu sais.

— Qu'est-ce que ça représente, un jour ou deux, dis-moi ? Ça fait seize ans que j'attends cette nouvelle.

— Bien sûr… On partira à l'aube. Comment fait-on pour les filles ? On les emmène ?

— Non !

Sa réaction avait été immédiate et sa réponse, sans appel. Lonie ne voulait pas mêler nos filles à cette histoire. Pas tout de suite. Surtout qu'elle ne savait pas comment elle réagirait une fois rendue là-bas.

— Il faudrait d'ailleurs en discuter, toi et moi, ai-je proposé.

— Discuter de quoi ?

— De ce que nous ferons quand nous serons là-bas.

— Je veux revoir mon fils, s'est-elle emportée, et le ramener à la maison.

— Mais Lonie…

— C'est mon fils, Nick !

— Oui, bien sûr, mais…

— Et je veux qu'il revienne vivre avec nous.

Une grimace inquiétante a tout à coup déformé son visage, puis de brusques sanglots ont secoué son corps tout entier. Je l'ai serrée contre moi et lui ai caressé le dos pour la calmer.

— On fera ce que tu veux, Lonie… ce que tu veux. Mais Ludo a vingt et un ans, c'est un homme, tu sais. Il faut bien réfléchir à tout ça avant de monter dans le Nord. Je ne dis pas que je ne veux pas y aller, tu le sais bien. Mais seulement, il faut essayer de voir ce qui sera le mieux pour tout le monde.

Elle n'avait pas cessé de pleurer, alors je me suis tu et j'ai attendu qu'elle se ressaisisse. Elle m'a finalement demandé d'aller rejoindre les filles au salon. Elle sécherait ses larmes et téléphonerait à Lily Jackson, notre voisine, pour voir si celle-ci ne pourrait pas garder Hope et Destiny trois ou quatre jours. Je l'ai embrassée avant de sortir de la salle de bain, et j'ai fait un détour par la cuisine pour me servir un verre d'eau avant de retrouver mes filles, qui connaissaient l'histoire de la disparition de Ludo, mais qui ne s'attendaient pas à ce que ce frère quasiment mythique entre un jour dans leur vie.

2.

Nous nous sommes engagés sur l'autoroute et avons filé vers le Nord sans jamais nous arrêter, sinon pour nous soulager et manger une bouchée vite avalée. Portés par la voix râpeuse de Gillian Welch, dont nous avions tous les CD, nous avalions l'asphalte en gardant le silence tous les deux, ce qui n'était pas sans m'inquiéter. Car nous n'avions pas discuté de ce que nous ferions une fois rendus chez Maureen. Mes pensées étaient toutes tournées vers Ludo, que je voulais protéger du choc que constituerait pour lui notre soudaine apparition. J'avais imaginé mille scénarios, mais n'en avait trouvé aucun qui permettrait que tout cela se déroule sans que quelqu'un ait à en souffrir.

Le mois de mai était bien entamé, et les arbres des États plus au nord découpaient l'azur du ciel d'un trait vert parfois éclatant. Un peu à l'étroit dans la robe bleue que Maureen lui avait offerte et qu'elle avait toujours conservée sous une housse de protection pour le jour où elle retrouverait son fils — comme ça, disait-elle, il aura plus de chances de me reconnaître puisque c'est dans cette robe qu'il m'a vue pour la dernière fois —, Lonie regardait le décor défiler, perdue elle aussi dans ses pensées. Elle avait insisté pour que j'apporte le chapeau de cow-boy que j'avais jadis l'habitude de porter, un beau Stetson aux bords relevés que j'avais depuis longtemps rangé sur la dernière tablette de la penderie.

Nous avons atteint la ville au milieu de la matinée, le lendemain de notre départ de la maison. Nous avions dormi d'un seul œil dans un Howard Johnson un brin décrépit, que nous avions quitté avant l'aube, ce qui nous avait permis de prendre la route avant qu'elle ne soit envahie par le cortège quotidien des travailleurs. Cette ville de taille moyenne ressemblait à toutes les autres de ce coin de l'Amérique avec sa banlieue proprette et son centre animé de boutiques séparées par les grandes chaînes de restauration rapide. La rue principale débouchait sur un parc où deux saules immenses protégeaient quelques bancs et un espace de jeu pour les enfants.

J'ai garé la voiture devant le parc et j'ai attendu que Lonie sorte de sa torpeur. Après un moment, elle s'est tournée vers moi et m'a dit qu'elle m'aimait, que j'étais gentil de l'accompagner, qu'elle appréciait tout ce que je faisais pour elle, et j'ai senti dans cet élan toute la détresse du monde. Elle me disait en fait qu'elle était heureuse de ne pas avoir à vivre cela toute seule et qu'elle craignait de ne pas y arriver. J'ai sorti de la poche de ma chemise le bout de papier sur lequel j'avais noté les coordonnées de Maureen et j'ai proposé à Lonie que nous passions devant la maison de ma sœur. Elle a respiré un bon coup, puis elle a souri. Comme nous n'avions pas de plan, nous allions improviser.

Maureen habitait un bungalow du quartier ouest de la ville, pas très loin du parc où nous nous étions arrêtés. Lonie a posé une main sur sa bouche quand j'ai ralenti devant la maison. Il était dix heures du matin et le soleil en illuminait la façade, revêtue de vinyle blanc et percée de fenêtres pratiquement neuves qu'enjolivaient des volets vert forêt. Les rideaux avaient été ouverts, mais nous ne voyions rien de ce qu'il y avait à l'intérieur. J'ai fait demi-tour au bout de la rue et nous sommes repassés devant le bungalow. La situation était pour nous surréaliste, car peut-être Ludo était-il là, derrière cette fenêtre, ou dans une autre pièce de cette maison, encore endormi ou en train de prendre le petit-déjeuner.

Lorsque Lonie m'a demandé de m'arrêter, j'ai haussé les sourcils.

— Je suis pas certain que ce soit une bonne idée, Lonie.

— Juste un instant… s'il te plaît.

J'ai immobilisé le véhicule de biais avec la maison, puis Lonie n'a pas réussi à empêcher les larmes de couler sur ses joues.

— Et si on allait frapper ?

Elle avait lâché la phrase comme une supplication. Je lui ai pris la main et lui ai demandé de me regarder.

— Tu sais bien qu'on ne peut pas agir comme ça. Pour le protéger, lui, mais aussi pour nous protéger nous-mêmes. On doit lui présenter ça en douceur, et, pour tout te dire, je suis convaincu qu'il faut que ça vienne de Maureen.

J'ai senti sa main se crisper.

— Bientôt, elle sera en prison et ne pourra plus rien faire pour nous.

— C'est pour ça qu'il ne faut pas l'y envoyer tout de suite. C'est triste à dire, Lonie, mais on a besoin d'elle pour retrouver Ludo et pour qu'il accepte de nous revoir. C'est à elle de lui dire la vérité.

— Il est peut-être au courant de toute l'histoire, a supposé Lonie alors que son visage exprimait sa douleur et sa désolation.

J'ai souri pour la rassurer.

— S'il avait su, Lonie, il aurait depuis longtemps cherché à te retrouver... Allons plutôt jeter un œil du côté des Entreprises Vince Thompson.

Lonie a baissé les yeux, puis elle a regardé la maison encore un moment avant de lâcher un « Allons-y! » résigné.

Les bureaux de l'entrepreneur pour lequel travaillait Maureen étaient situés à quelques pâtés de maisons de l'autoroute que nous avions empruntée pour atteindre la ville. Ils occupaient le rez-de-chaussée d'un édifice de stuc blanc sur lequel le nom du propriétaire, peint en noir sur un panneau café au lait, brillait sous le soleil. J'ai garé la voiture dans le stationnement adjacent, j'ai enfilé mon chapeau de cow-boy et nous sommes descendus de voiture, Lonie et moi, en respirant un bon coup pour nous donner du courage. Je me suis approché de ma femme et lui ai offert ma main, qu'elle a prise en se serrant contre moi. Nous avons marché ainsi jusqu'à la porte, que j'ai ouverte pour laisser passer Lonie. Nous nous sommes engagés dans un petit couloir qui nous a menés à un comptoir, et c'est là, derrière ce comptoir, que nous avons trouvé Maureen, penchée sur une pile de factures. Elle ne nous avait pas entendus entrer, ce qui nous a permis de l'épier un moment avant qu'elle finisse par lever les yeux sur nous. Étonnamment, elle n'avait pas beaucoup changé. Peut-être avait-elle perdu quelques livres, mais sans plus. Ses cheveux bouclaient, ce qui la rajeunissait et nous rappelait encore davantage celle que nous avions connue.

Elle a mis une demi-seconde à nous reconnaître, puis, dans un réflexe, elle a fait rouler sa chaise vers le télécopieur qui se trouvait derrière elle. J'ai cru un moment qu'elle allait s'évanouir tellement notre apparition semblait l'avoir secouée. Après un moment de silence qui m'a paru une éternité — comme si les seize années qui nous séparaient de nos derniers échanges nous empêchaient de parler —, j'ai avancé d'un pas vers le comptoir.

— Salut, Maureen ! ai-je dit sans emphase.

Le temps s'est arrêté de nouveau, puis elle a dévisagé Lonie, qui a soutenu son regard sans sourciller.

— Qu'est-ce que vous voulez ? a finalement lâché Maureen avec agressivité.

Lonie n'a pas bronché, impassible devant l'affront. Ma sœur réagissait comme un animal traqué, surpris tout à coup de voir la porte du piège se refermer sur lui.

— Il y a longtemps, non ? ai-je ajouté en déposant mon chapeau sur le comptoir.

— Sortez d'ici ! a éructé ma sœur, ce qui m'a fait rire malgré moi.

— Sinon quoi ? Tu vas appeler la police ?

J'avais peur que Lonie éclate, qu'elle saute de l'autre côté du comptoir et qu'elle lui tranche la gorge avec son coupe-papier.

— On veut te parler, Maureen. Doit bien y avoir une salle où on pourrait discuter ?

— J'ai pas le temps, vous voyez bien que je suis occupée.

— Je comprends que tu sois sous le choc, mais t'as pas vraiment le choix, Maureen. Ou bien tu prends quelques minutes pour entendre ce qu'on a à te dire, ou bien je reviens dans cinq minutes avec mes amis policiers pour qu'ils te conduisent dans une cellule du poste municipal.

Le téléphone s'est mis à sonner, et j'ai vu Maureen hésiter avant de décider de ne pas prendre l'appel. Elle s'est levée, a rangé sa pile de factures dans une chemise puis, sans nous regarder, nous a invités à la suivre de l'autre côté du couloir, où elle a ouvert la porte d'une petite salle de conférences. Il y avait là quatre chaises autour d'une table de bois usé. Dans un coin, une machine à café ronronnait comme un vieux chat. J'ai demandé à Maureen de refermer la porte et de s'asseoir. J'avais soudainement l'impression de parler à quelqu'un d'autre, quelqu'un que je ne connaissais pas, comme si toutes ces années passées à la détester, puis à essayer de comprendre ce qui avait bien pu l'amener à commettre ce geste immonde, avaient effacé ce qui aurait pu persister de notre passé commun. Lonie s'est plantée devant la fenêtre, les bras croisés sur la poitrine, le regard fixé sur le stationnement extérieur. Maureen s'est assise sur le bout d'une chaise, visiblement mal à l'aise. Nos regards se sont croisés l'espace d'un cillement, puis elle a baissé les yeux. Elle nous a rappelé qu'elle avait du travail et qu'elle ne pouvait pas s'absenter de son poste très longtemps. Je savais que Lonie ne pourrait pas participer à cette discussion, qu'elle n'arriverait pas même à regarder Maureen sans avoir envie de l'étriper. Aussi ai-je pris l'initiative de l'échange en demandant à ma sœur si Ludo se portait bien. Elle a voulu nous rassurer, nous a parlé de lui comme d'un garçon équilibré, brillant à l'école et dans les sports auxquels il s'adonnait. J'entendais Lonie pleurer dans son coin et j'avais de la difficulté à rester calme pendant que Maureen nous racontait la vie heureuse de Ludo. Nous avons appris qu'il s'appelait Koby, Koby Keller, qu'il aimait jouer aux jeux vidéo comme tous les garçons de sa génération, ce qui ne l'empêchait pas d'avoir un cercle d'amis intéressant.

Après un long moment de silence, je me suis penché vers Maureen et je lui ai expliqué comment j'entrevoyais la suite des choses.

— Il va falloir que tu nous aides à réparer tout ça, Maureen.

— C'est un adulte maintenant, tu sais.

— Oui, je sais, ai-je répondu en gardant un œil sur Lonie, qui n'avait pas bougé. Ça va lui causer un choc, tu imagines.

— Un choc immense, a acquiescé ma sœur. C'est pour ça que je crois qu'on ne doit rien lui dire de cette histoire.

Je n'ai pas pu m'empêcher de rire, un sursaut aussitôt réfréné par Lonie, qui s'est tournée vers nous.

— T'as pas compris, Maureen, a dit Lonie. Je veux revoir le fils que tu m'as volé pour qu'il sache qui je suis, pour lui rappeler ce que nous avons vécu ensemble, et pour qu'il apprenne enfin la vérité sur le monstre que tu es.

Il y avait tant de hargne dans son regard que Maureen s'est aussitôt levée.

— Il n'a manqué de rien avec moi, et surtout pas d'affection. Je l'ai choyé, dorloté, accompagné dans les moments difficiles…

— Arrête ! lui a crié Lonie.

— C'est un garçon épanoui qui a vécu une jeunesse heureuse...

— Je vais t'arracher les yeux si tu continues !

Quand Lonie a fait un pas vers Maureen, je me suis interposé et l'ai forcée à s'asseoir. Je ne l'avais jamais vue dans cet état, et il n'était pas question que les choses se déroulent de cette manière.

— Vous allez le détruire si vous lui annoncez tout ça, a lancé Maureen.

— C'est pour ça qu'on est venus te voir en premier, Maureen. Pour que tu acceptes de collaborer. Pour protéger Ludo. Pour qu'il apprenne la vérité en douceur et de ta propre bouche. Tu dois lui parler, lui raconter ce qui s'est passé, lui dire pourquoi tu as agi ainsi. Ça doit venir de toi, Maureen. Alors, voici ce qu'on va faire. On va rentrer à la maison, Lonie et moi. On sait que tu ne peux plus t'enfuir, que Ludo n'acceptera pas de te suivre sans comprendre pourquoi tu veux quitter la ville. Et puis tu seras surveillée. Alors, on te laisse quelques jours pour trouver le moyen de mettre Ludo au courant. Quand tu auras trouvé, tu nous appelleras et on organisera une rencontre avec lui.

Maureen a détourné le regard, puis elle a ouvert la porte.

— Je vais réfléchir à tout ça, a-t-elle dit avant de filer vers son comptoir, nous laissant en plan dans la salle de conférences.

Lonie a échappé un juron, elle s'est levée d'un bond et a foncé vers la sortie. Je la suivais de près, car je craignais qu'elle ne retourne au comptoir pour affronter Maureen de nouveau. Mais elle avait une autre idée en tête, une idée avec laquelle je n'étais pas d'accord.

J'ai couru derrière elle jusqu'au stationnement et lui ai demandé de se calmer.

— T'as vu du remords dans ses yeux, toi ? m'a-t-elle lancé. Cette femme est folle, Nick. Elle ne regrette rien de ce qu'elle a fait, même si elle a détruit nos vies. Elle s'en fout ! Alors moi, je vais retourner à la maison de cette cinglée et je vais récupérer mon fils.

— Ce n'est pas la bonne solution, Lonie.

Nous avions rejoint la voiture, et Lonie en a frappé la toiture de sa main ouverte.

— Ouvre ça ou file-moi les clés !

Je me suis approché d'elle, mais elle a eu un mouvement de recul et m'a tendu la main.

— Donne-moi ces foutues clés, Nick !

Elle avait du feu dans les yeux et me semblait prête à me couper la main si je ne lui donnais pas ce qu'elle voulait. Comme il n'était pas question que je la laisse aller là toute seule, j'ai abdiqué et lui ai dit que je la conduirais. Nous sommes donc montés dans la voiture et nous avons refait en sens inverse le chemin qui nous avait conduits aux Entreprises Vince Thompson. Nous avons retrouvé sans peine la maison de Maureen, et j'ai immobilisé la voiture à l'intersection suivante. Lonie avait eu le temps de reprendre ses esprits, et elle s'était mise à pleurer en apercevant la maison. J'ai pris sa main, puis elle s'est penchée vers moi jusqu'à déposer sa tête sur mes cuisses. J'ai caressé son front et ses cheveux, puis son épaule que ses sanglots secouaient sans interruption. Englué dans mon propre chagrin, je n'arrivais pas à trouver les mots pour la consoler. Puis m'est venue l'idée de rester là jusqu'à ce que Ludo entre ou sorte de la maison, pour qu'au moins nous puissions voir le jeune homme qu'il était devenu. J'ai pensé que cela apaiserait Lonie, lui permettrait d'accepter que les choses se passent doucement. J'ai jonglé avec cette suggestion de mon cerveau pendant de longues minutes avant de la proposer à ma femme, qui a dû me promettre de ne pas se lancer sur lui au moment où elle verrait son fils apparaître. Elle s'est rassise sur son siège, puis j'ai déplacé la voiture pour que nous puissions garder un œil sur la maison de ma sœur sans être repérés. Nous étions décidés à attendre toute la journée s'il le fallait.

Le soleil inondait la rue d'une lumière trop éclatante pour ce que nous étions en train de vivre. Lonie, elle, y voyait un signe, celui d'une illumination annonciatrice d'un grand bouleversement. Elle m'a parlé de Paul de Tarse, dont on lui avait raconté la conversion sur le chemin de Damas quand elle était encore enfant. La révélation avait été si féroce que Paul en était tombé de son cheval alors que le monde basculait autour de lui pour lui faire voir la Vérité. Lonie voulait croire que c'était ce qui était en train de se produire pour nous aussi, que les choses se mettaient maintenant en place pour qu'éclate enfin la Vérité. Je ne l'ai pas contredite, heureux de retrouver chez elle un brin d'optimisme.

Vers midi, je suis descendu de la voiture pour aller nous chercher un sandwich et une boisson gazeuse à l'épicerie du coin. Il n'était pas question pour Lonie de quitter son poste d'observation. Je suis revenu avec deux paninis au fromage, un sac de chips ondulées, un sachet de fromage en grains et deux coca-cola en canettes. Nous avons lancé le CD de Gillian Welch et nous avons mangé en silence, les yeux fixés sur la maison de ma sœur. Après notre repas, nous avons parlé des filles, desquelles nous nous ennuyions déjà. Hope allait être opérée bientôt pour son problème de strabisme et cela nous inquiétait. Même s'il s'était fait rassurant, le chirurgien nous avait informés des complications possibles — toutes ces horreurs qui n'arrivent jamais, ou à peu près —, et cela avait hanté mes rêves des dernières nuits. Au moment où je lui racontais celui de la nuit précédente, dans lequel j'assistais le médecin, qui me tendait ses instruments en me disant d'aller plus vite, que l'opération déraillerait si je ne m'activais pas davantage alors que je ne savais pas ce que je devais faire, Lonie m'a empoigné le bras.

— Nick ! Regarde !

La porte de la maison venait de s'ouvrir et nous avons vu Ludo apparaître. Ce ne pouvait être que lui. Il portait un jean et un chandail de coton bleu foncé. La bande centrale de sa paire d'écouteurs découpait ses cheveux crépus. Il a transféré le livre qu'il transportait dans sa main gauche avant de verrouiller la porte, puis il s'est engagé dans la rue. Comme il marchait dans notre direction, Lonie a posé une main sur sa bouche.

— Ah mon Dieu ! Il vient par ici.

— Du calme, chérie…

Il est passé de l'autre côté de la rue, son livre au bout du bras, son corps porté par sa démarche alerte et ondulante. Lonie n'a pas pu retenir ses larmes. C'était bien lui, avec son nez retroussé et ses lèvres plutôt minces pour un garçon de couleur.

— Ludo chéri, répétait Lonie en le regardant s'éloigner. Mon bébé chéri…

Je vivais avec elle sa détresse et son désarroi. Son fils était là, à deux pas, après tout ce temps, et je lui demandais de ne pas réagir, de ne pas se jeter sur lui pour l'embrasser, pour le serrer contre son corps de mère endeuillée. Elle avait l'impression de renaître enfin après une demi-mort qui avait duré seize ans. Plus Ludo s'éloignait, plus nous nous penchions pour ne pas le perdre de vue. Il se dirigeait vers le parc et je savais que Lonie ne se contenterait pas de cet épisode. Aussi lui ai-je moi-même proposé de le suivre, sans qu'il soit cependant question d'entrer en contact avec lui de quelque manière que ce soit. Nous avons donc marché à sa suite en maintenant une bonne distance et l'avons vu s'installer au pied d'un arbre et ouvrir son livre. Lonie m'a attiré vers un bosquet où nous avons pu l'épier à loisir. C'était un beau garçon, surtout assis ainsi dans le rayon de lumière que le soleil avait déposé sur ses épaules. On devinait le corps athlétique sous les vêtements, et rien ne pouvait laisser croire qu'il soit malheureux. Il tournait les pages de son livre avec insouciance — un gros bouquin dont la couverture semblait recouverte d'une couche de papier d'aluminium —, tout imprégné de l'histoire qu'il était en train de lire. Lonie avait séché ses larmes, et je lisais sur son visage une expression que j'ai associée à de la béatitude. Elle était comme obnubilée par l'image de son fils tant regretté, qui venait de replier ses jambes pour poser son livre sur ses genoux. Nous sommes restés là pendant près d'une demi-heure, feignant de nous intéresser aux différentes espèces d'arbustes et de fleurs que le mois de mai avait fait croître, puis nous avons regagné la voiture comme des zombies encore sous l'emprise du shaman. Avant de mettre le contact, j'ai regardé Lonie du coin de l'œil, et je l'ai trouvée à la fois triste et joyeuse, ses larmes coulant de ses yeux jusqu'au sourire qui lui illuminait le visage.

3.

De retour à la maison, j'avais contacté Bob Greenspan, mon collègue, pour lui demander de garder un œil sur ma sœur jusqu'à ce que nous ayons mis de l'ordre dans cette histoire. Je savais qu'elle était coincée et qu'il n'y avait plus rien à faire pour elle, sinon nous aider à annoncer tout cela à Ludo. Dans mon esprit, j'étais prêt à lui accorder quelques jours, deux ou trois semaines tout au plus. Elle devait trouver les mots et choisir l'occasion de dire ce qui n'avait jamais même été évoqué entre eux. Lonie était plus impatiente. Elle me pressait tous les jours de téléphoner à Maureen pour savoir où elle en était dans ses démarches. Je ne voulais pas forcer les choses, mais comme les jours passaient et que nous restions sans nouvelles d'elle, je me suis un matin décidé à téléphoner aux Entreprises Vince Thompson. Elle a répondu après la première sonnerie.

— Entreprises Vince Thompson, Maggie Keller à l'appareil. Comment puis-je vous aider ?

La formule, balancée d'un seul jet, m'a pendant un court instant coupé la voix. Puis je me suis ressaisi.

— Maureen, c'est moi, Nick.

C'était à son tour de perdre la voix. J'ai attendu qu'elle réagisse, mais elle est restée silencieuse jusqu'à ce que je la relance.

— T'es encore là ?

— Oui, Nick. Je suis là, a-t-elle finalement répondu sur un ton de fatigue.

— On attendait de tes nouvelles, Maureen.

— Oui, je sais…

Notre conversation se déroulait au ralenti, comme si chaque mot nous pesait.

— T'as parlé à Ludo ?

Assise près de moi, Lonie était suspendue à mes lèvres.

— Oui, je… en fait, c'est compliqué, je…

Je me suis impatienté.

— Tu lui as parlé, oui ou non ?

Elle a respiré profondément, puis la réponse a jailli comme une bouffée d'abdication.

— Non… Je lui ai encore rien dit. J'y arrive pas…

— Il va pourtant falloir, Maureen.

Lonie s'est redressée d'un bond, secouée de colère. Je l'ai entendue traiter Maureen de vache et de sorcière.

— Fais-la foutre en prison, Nick ! m'a-t-elle lancé.

— Tu compliques les choses pour rien, Maureen. Je vais être obligé de te faire arrêter. C'est de cette manière que tu veux que Ludo apprenne la vérité ?

— On peut pas lui épargner ça, non ? Pourquoi lui causer du mal avec ça ?

— Il faut t'enlever cette idée-là de la tête, Maureen. Ludo doit savoir, et il doit savoir maintenant.

Lonie fulminait. Dans un élan, elle a voulu m'enlever le combiné des mains, mais je l'ai repoussée.

— Écoute, Maureen… Je te donne trois semaines.

— Non ! a crié Lonie.

— Je te donne trois semaines pour déballer ton sac et me rappeler, tu m'entends ? Si dans trois semaines tu n'as pas donné signe de vie, nous allons passer à une autre étape.

— Nick, je ne sais pas si…

— Ce n'est pas négociable, Maureen… et t'avise pas de sortir de la ville, sinon ce sera la fin.

Elle a gardé le silence un moment, puis elle a raccroché. J'ai déposé le combiné sur la table et j'ai incliné la tête. Furieuse, Lonie me tournait autour.

— Trois semaines, Nick! On dirait que tu prends plaisir à me voir souffrir.

— Ce sera bientôt fini, chérie…

— C'est ça, oui… et dans trois semaines, tu vas lui accorder un autre délai, et puis encore un autre…

J'aurais voulu continuer à argumenter, mais elle est sortie de la pièce et je me suis retrouvé seul avec ma conscience, coincé dans l'étau que la vie m'avait imposé entre ma femme et ma sœur, tentant d'épargner et de soulager tout le monde en même temps alors que cela n'était pas possible. Je restais cependant convaincu que Ludo devait apprendre la nouvelle de la bouche de Maureen, ce qui m'a poussé à garder le cap sur cette stratégie jusqu'à ce qu'elle s'avère impraticable.

Nous étions en août, je discutais avec Maureen toutes les semaines pour la convaincre de bouger, sans succès. Aussi avions-nous décidé d'agir, Lonie et moi. Nous étions donc partis vers le Nord, un lundi matin, convaincus tous les deux que Maureen n'accepterait jamais d'assumer le geste qu'elle avait posé seize ans auparavant. Pendant l'une de nos conversations, ma sœur m'avait appris que Ludo avait été nommé gérant d'un des chantiers des Entreprises Vince Thompson.

Nous savions donc que nous pourrions le retrouver là-bas.

Lonie avait pris soin de porter la robe bleue dans laquelle son fils l'avait vue la dernière fois, et elle m'avait encore une fois obligé à apporter mon Stetson des belles années.

Nous avons atteint la ville dans la matinée du lendemain. Nous nous sommes arrêtés devant la maison de ma sœur, qui n'avait pas changé, puis nous nous sommes dirigés vers l'ouest jusqu'au chantier du futur centre commercial. Les mains croisées sur ses genoux, Lonie gardait le silence, comme si son enthousiasme de la veille avait fondu et que le doute faisait de nouveau son chemin dans son esprit. Quand nous sommes passés devant l'entrée du chantier, un camion y déchargeait une cargaison de portes et de fenêtres. J'ai ralenti pour voir si nous n'apercevrions pas Ludo, mais il n'y avait là que des ouvriers plus âgés qui veillaient à la bonne marche du déchargement. J'ai garé la voiture un peu plus loin, puis nous en sommes descendus. J'ai posé mon chapeau de cow-boy sur ma tête, ce qui m'a protégé du soleil qui, déjà, chauffait l'asphalte, et j'ai offert mon bras à Lonie. Nous avons marché lentement vers l'entrée du chantier, puis nous nous sommes assis sur un banc d'autobus, de l'autre côté de la rue. De là, nous avons assisté à la fin de la livraison et nous avons vu le camion ressortir du chantier, ce qui a fait apparaître une guérite à l'intérieur de laquelle Ludo semblait penché sur un cartable. Nous nous sommes levés et, tout en restant de notre côté de la rue, nous l'avons épié. Après un moment, il a levé la tête vers nous, et mon cœur a fait trois tours dans ma cage thoracique. J'ai senti Lonie se raidir et j'ai craint que ses muscles ne se relâchent et qu'elle ne s'affaisse sur le trottoir. J'ai serré sa main dans la mienne, puis je me suis serré contre elle.

— On y va ? ai-je dit, prêt à commettre le geste que j'appréhendais le plus depuis que nous avions retrouvé ma sœur.

— Attends, a soufflé Lonie.

Alors j'ai attendu. Ludo nous regardait, visiblement intrigué. Il est sorti de sa guérite pour jeter un œil derrière, tentant sans doute de découvrir ce qui pouvait nous intéresser.

— Il nous a vus, tu sais.

— Oui, je sais, a répondu Lonie sans ciller des yeux.

J'ai pris conscience qu'elle n'était pas prête, que quelque chose la retenait de traverser la rue et d'aller étreindre son fils, bien que ce fût ce dont elle rêvait si ardemment depuis toutes ces années. Elle avait compris, à ce moment précis, qu'elle risquait de tout bousiller si elle s'imposait ainsi à lui sans préambule et sans présentation. Il avait fallu que nous nous approchions de lui avec l'intention de lui parler pour qu'elle se mette réellement à sa place et craigne tout à coup que le choc soit trop percutant pour qu'il puisse l'encaisser sans se briser. Ludo est retourné à sa guérite et Lonie a finalement baissé les yeux avant de suggérer que nous partions. J'ai ajusté mon chapeau de cow-boy, comme si je voulais par ce geste indiquer à Ludo que nous allions revenir un jour, puis j'ai suivi Lonie jusqu'à la voiture. Elle a pris place sur le siège du passager. Juste avant de m'asseoir moi aussi, j'ai tourné la tête vers l'entrée du chantier et j'ai vu Ludo, qui nous avait suivis du regard, m'observer avec insistance. Je me suis contenté de lui sourire avant de m'asseoir, j'ai mis le contact et nous avons filé vers l'autoroute.

Le ciel venait de se refermer sur nous malgré le bleu infini de sa voûte et le soleil qui la perçait. Nous nous sentions vidés de nous-mêmes, inutiles et inconsistants. Cela a duré une heure, peut-être un peu plus, puis Lonie s'est mise à parler des filles, qu'elle avait hâte de revoir. Et j'ai compris qu'elle venait de tirer un trait sur ce que nous avions vécu devant le chantier des Entreprises Vince Thompson. J'ai voulu protester, la rassurer, lui dire que tout n'était pas terminé, que nous allions trouver le moyen de tout arranger, mais elle m'a fait promettre de ne plus lui parler de Ludo tant et aussi longtemps qu'elle n'aborderait pas elle-même la question avec moi.

— Ça ne peut pas continuer comme ça, a-t-elle dit. J'ai deux filles, Nick, qui ont besoin de leur mère. Pas d'une mère absente. Pas d'une mère triste ou enragée. Pas d'une mère brisée. Tu comprends ? Je suis en train de tout rater, alors je ferme les livres. Ludo ne semble pas malheureux. Il a sa vie maintenant et je dois accepter que je n'en fais pas et n'en ferai jamais partie.

Une rafale de sanglots a aussitôt secoué son corps alourdi, mais quand je lui ai proposé que nous nous arrêtions à une halte routière pour en discuter, elle a agité la main devant elle pour me dire de continuer à rouler. Alors, je me suis laissé hypnotiser par la route et la double rangée d'arbres qui la bordait et je suis entré dans une forme de coma duquel je n'ai jailli qu'une fois rendu à la maison.

La nuit était tombée depuis un bon moment déjà. Hope et Destiny dormaient chez leur copine Emma. Aussi la maison m'est-elle apparue grande et vide, presque sans vie, ce qui a alimenté le spleen dans lequel notre voyage m'avait plongé. Lonie est allée se coucher sans me souhaiter bonne nuit, et je me suis étendu sur le divan, où le sommeil m'a libéré de mes tourments. J'ai revu Ludo petit, la tête à demi cachée sous mon chapeau de cow-boy trop grand pour lui. Il tenait à la main une photographie de ses sœurs et me la tendait en me demandant de la déchirer. En me réveillant, je me suis dit que si Ludo n'avait pas disparu, sans doute mes filles ne seraient jamais venues au monde, et cette pensée m'a profondément troublé, car je ne savais pas quoi en faire. J'étais incapable d'accepter le fait que ce qui m'était arrivé de plus beau dans la vie aurait pu ne jamais advenir si je n'avais pas vécu, avec Lonie, le plus grand drame de mon existence, car cela impliquait que je n'aurais pas voulu que les choses se produisent autrement. Qu'il avait fallu que Ludo ait été sacrifié pour que la naissance de mes filles puisse avoir lieu. Que le malheur, en définitive, était à la source de notre bonheur à venir. Je suis allé rejoindre Lonie dans notre lit et j'ai pleuré sur son épaule jusqu'à ce que le sommeil me jette de nouveau dans des rêves insensés.

Les semaines, puis les mois ont passé, un long intermède durant lequel nous n'avons pratiquement pas parlé de Ludo, Lonie et moi. Je me suis inquiété de ce silence buté de ma femme, de son entêtement à ignorer toutes mes allusions à ce sujet. Cela ne lui ressemblait pas, et je sentais qu'elle ne faïsait qu'accumuler une tension qui allait un jour se relâcher d'un coup, sans prévenir, la laissant démolie et sans force, la plongeant peut-être même dans une dépression dont elle aurait du mal à se remettre. J'avais l'impression de vivre aux côtés d'une bombe à retardement, que je m'endormais tous les soirs sous le reflet inquiétant d'une épée de Damoclès. Aussi me suis-je un jour décidé à crever l'abcès.

Nous étions en mai, et cela faisait un an que nous avions retrouvé Maureen et Ludo. Bob Greenspan avait gardé un œil sur eux, mais il endossait avec de plus en plus de difficulté notre stratégie de retrait volontaire. Car pour lui, ma sœur demeurait une criminelle qui allait devoir un jour faire face à la justice. Aussi exerçait-il de la pression sur moi, chaque fois que nous en discutions au téléphone, pour que je la dénonce enfin.

Ce jour-là, Lonie avait prévu accompagner les filles chez la coiffeuse, Madame Michelle, une Haïtienne spécialiste du tressage et des rallonges africaines arrivée en ville cinq ans plus tôt. Sa boutique était à deux pâtés de maisons, et les filles pouvaient très bien s'y rendre à pied, mais Lonie aimait passer du temps avec Madame Michelle, qui lui parlait de son pays dévasté et de sa sœur restée là-bas. Or je l'ai attrapée juste avant qu'elle ne quitte la maison.

— Dis aux filles que tu iras les rejoindre, je dois te parler.

Lonie a souri.

— Mais je peux pas faire ça, j'ai annoncé à Michelle que…

— Michelle attendra elle aussi. C'est important, ai-je insisté.

Hope et Destiny sont donc parties chez la coiffeuse après que Lonie leur eut promis de les y retrouver bientôt, et nous nous sommes assis à la table de la cuisine.

— Je viens d'avoir Bob Greenspan au téléphone, ai-je commencé sans baisser les yeux.

Je ne lui parlais jamais de mes discussions avec mon collègue depuis notre dernière visite là-bas, mais ce temps était révolu. Elle a détourné les yeux, et j'ai posé ma main sur la sienne.

— Attends, écoute-moi. Il va la faire arrêter, Lonie. Si nous ne bougeons pas, il l'envoie en prison. Il a l'impression qu'on cherche à la protéger.

— Eh bien, laisse-le faire son travail. Maureen aura ce qu'elle mérite.

Je me suis approché d'elle.

— Et t'as pensé à Ludo ?

— Il est grand maintenant, il sera capable de comprendre.

— De comprendre ? Mais qu'est-ce que tu me racontes, Lonie ?

— J'ai tiré un trait là-dessus, Nick. Et je vois pas pourquoi tu tiens tant à rouvrir la plaie, dit-elle en posant une main sur sa bouche.

— Parce que je crois qu'on doit agir maintenant. Qu'on doit être là quand le ballon va éclater.

Deux grosses larmes ont mouillé les joues de Lonie. Elle m'a rappelé les sacrifices auxquels elle avait dû consentir pour arriver à accepter la situation et tout ce que cela lui avait demandé d'abnégation et de repli sur soi.

— Et aujourd'hui, tu veux que je replonge dans ce trou sans fond ? C'est ce que tu me demandes ?

Je l'ai regardée avec tant d'amour et tant d'admiration qu'elle a fini par s'accrocher à moi. Ses larmes ont roulé dans mon cou, puis nous nous sommes embrassés.

— Cette fois-ci, ce sera la bonne, ai-je promis.

Elle s'est dégagée et j'ai compris qu'elle allait tenter le coup avec moi.

Nous remontions vers le Nord pour la troisième fois, décidés à bousculer le destin pour que la vie puisse reprendre son cours sans que personne n'en souffre démesurément. Nous avions compris, Lonie et moi, qu'il ne pouvait y avoir de solution facile, que ce que nous avions à annoncer à Ludo ne pouvait pas ne pas l'atteindre. Nous étions prêts à le blesser et à obliger Maureen à payer pour son geste. Nous nous étions persuadés que la vérité dure et crue valait mieux que le plus doux des mensonges.

Mon esprit rejouait en boucle le scénario de ce qui se passerait une fois que nous aurions atteint la maison de ma sœur. Nous allions monter les trois marches qui mènent à la porte d'entrée de la maison, allions appuyer sur la sonnette et allions demander à parler à Ludo si jamais c'était Maureen qui répondait. Et nous allions nous asseoir avec lui pour tout lui raconter. Je savais que n'importe quoi pouvait arriver pour que les choses ne se déroulent pas de cette manière, qu'il y avait même peu de chances que ce soit aussi simple. Aussi ai-je tenté de prévoir ce qu'il conviendrait de faire si Maureen se mettait à crier ou si elle se jetait sur nous pour nous empêcher de parler. J'ai imaginé Ludo me ruant de coups pour défendre sa mère paniquée. Puis mes pensées se sont empêtrées dans des images de violence dont je n'arrivais pas à me libérer. Mon cœur battait de plus en plus vite à la vue du sang que mon imagination faisait jaillir, et tout cela était si intenable que j'ai proposé à Lonie de prendre le volant. Nous nous sommes arrêtés en bordure de la route, puis elle a tourné la tête vers moi avant de descendre du véhicule pour venir prendre ma place.

— Ça va ?

Je lui ai souri.

— Un coup de fatigue.

Nous avons échangé nos places, et je me suis étendu sur mon siège quand nous avons repris la route. J'ai fermé les yeux et me suis laissé porter par les ronronnements du moteur. Quand je me suis éveillé, Lonie chantait à voix basse une chanson de son pays et j'ai feint de dormir pour qu'elle ne s'interrompe pas. C'était une comptine qu'on chante là-bas aux enfants pour les endormir. Hope et Destiny, quand elles étaient toutes petites, y avaient eu droit pratiquement chaque soir au moment d'aller au lit, mais il y avait bien des années que je n'avais pas entendu Lonie la fredonner. À la fin de la chanson, Lonie a appuyé sur le bouton de la radio.

— Je sais que tu dors pas, a-t-elle dit en montant le volume.

Je me suis redressé.

— Non, mais j'ai dormi. T'as une belle voix, tu sais.

Elle a pouffé de rire, et j'ai compris à ses yeux pleins de lumière qu'elle était en train de renaître malgré l'angoisse et la nervosité que ce troisième voyage dans le Nord lui causait.

Nous avons atteint la ville en milieu de matinée. Les fleurs de mai coloraient les arbres que l'hiver avait malmenés. Nous avons contourné le parc, puis Lonie a immobilisé la voiture à cent mètres de la maison de Maureen. J'ai allongé le bras vers la banquette arrière pour y prendre mon chapeau de cow-boy et nous sommes descendus. Lonie a posé une veste de laine sur ses épaules que sa robe bleue laissait dénudées, puis nous nous sommes embrassés pour nous donner du courage.

— Ça y est ? a demandé Lonie. C'est bien vrai cette fois ?

— C'est la bonne, oui, ai-je répondu en la serrant contre moi. On garde notre calme, c'est promis ?

— Promis...

— Quoi qu'il advienne ?

Elle a soufflé.

— Quoi qu'il advienne.

Quand nous nous sommes engagés dans la rue, nous les avons tout de suite vus, de loin. Ils étaient là tous les deux, devant la maison, Maureen sur le trottoir et Ludo en train de monter dans une voiture conduite par une jeune fille. Ludo a salué Maureen de la main et la voiture s'est mise en route. Maureen agitait les doigts comme une fillette. Nous avons pressé le pas, Lonie et moi, paniqués à l'idée de ne pas pouvoir parler à Ludo. Nous nous sommes immobilisés près d'un bosquet pour le voir passer, et Lonie a eu ce geste quand la voiture était à notre hauteur, un tout petit geste à peine esquissé; elle a levé la main à la hauteur de son buste. La voiture a roulé quelques mètres encore puis elle s'est arrêtée dans un crissement de pneus qui nous a fait sursauter. Lonie avait encore la main ouverte devant elle lorsque Ludo est descendu du véhicule pour foncer vers nous. Puis Maureen s'est mise à rugir et à courir dans sa direction. Elle voulait l'empêcher de nous parler, le bousculait pour qu'il retourne à la voiture. C'est à ce moment que le cri a jailli de mon ventre, un cri comme je n'en avais jamais poussé, aussi percutant qu'une décharge de revolver.

— Maureen!

Le coup était parti tout seul. Ma sœur s'est figée comme si je venais effectivement de l'atteindre d'un projectile d'arme à feu. Ludo a froncé les sourcils, la jeune fille est sortie de la voiture pour voir ce qui se passait, et j'ai eu l'impression à ce moment précis que le temps venait de s'arrêter. Maureen savait qu'il n'y avait plus de retour possible, qu'elle ne pouvait plus échapper à son destin, que nous étions là pour que la vérité soit enfin révélée. Après toutes ces années, le jour était enfin venu de régler nos comptes. Ludo l'étreignait comme pour la protéger, Lonie pleurait et me serrait la main parce qu'elle avait peur que tout cela se termine mal, et la jeune fille essayait de comprendre la scène qui se jouait devant elle. J'avais tiré le premier, convaincu de servir la justice, mais encore secoué d'être celui par lequel celle-ci devait s'accomplir.

Maureen avait beau lui ordonner de partir, Ludo ne bougeait pas et attendait qu'on lui explique tout ce cirque. J'ai laissé la main de Lonie et je me suis avancé vers eux.

— Maureen, ça suffit, ai-je dit d'une voix posée. C'est terminé maintenant.

J'aurais aimé qu'elle abdique, qu'elle ne me force pas à aller plus loin. Mais elle s'est butée et m'a tourné le dos. Elle s'est un moment accrochée à Ludo, puis elle s'est effondrée. Je me suis précipité vers elle, Ludo la tenait toujours dans ses bras. La jeune fille nous a rejoints. J'ai vérifié la respiration de Maureen, lui ai ouvert les paupières. Elle s'était évanouie. J'ai répété son nom pour la faire revenir.

— Arrêtez de l'appeler Maureen, m'a dit Ludo, elle s'appelle Maggie.

J'ai tourné la tête vers Lonie, restée à l'écart, puis la jeune fille a proposé d'appeler une ambulance. Mais déjà Maureen reprenait connaissance. Elle a ouvert les yeux, a souri à Ludo, puis elle s'est tournée vers moi et m'a demandé pardon. Ludo a alors compris que nous n'avions pas croisé sa route par hasard. Aussi m'a-t-il demandé qui j'étais. Je me suis contenté de lui sourire et nous avons remis Maureen sur pied. En la soutenant, Ludo et moi, nous nous dirigions vers la maison lorsque j'ai entendu Lonie crier derrière moi qu'elle ne nous suivrait pas jusque-là.

— Tu peux pas me demander ça, Nick. J'entrerai jamais dans cette maison.

Maureen s'est dégagée de notre étreinte et elle s'est tournée vers Lonie. Elles se sont dévisagées longuement, les yeux remplis d'une colère mêlée de tristesse, puis Maureen a pris la main de Ludo et elle s'est avancée d'un pas mal assuré vers Lonie, dont j'ai senti le corps se raidir. J'assistais à la scène en spectateur, incapable d'intervenir. La jeune fille m'a regardé du coin de l'œil et j'ai senti qu'elle avait tout compris. Ludo, lui, semblait désemparé. Se laissant guider par Maureen, il marchait vers Lonie sans que son esprit réussisse à interpréter ce qui était en train de lui arriver. Maureen s'est immobilisée à deux pas de Lonie, puis elle lui a tendu sa main libre. Lonie a hésité un moment, puis une larme s'est mise à couler sur sa joue. Elle a levé le bras et a serré la main de Maureen, qui, dans un geste qu'elle voulait solennel, a lié les mains de ceux qu'elle avait séparés.

— Koby, a-t-elle dit en s'adressant à Ludo, je te présente Lonie… ta mère.

Ludo a détourné le regard, comme pour se donner le temps d'assimiler ce que Maureen venait de lui annoncer. Puis son regard a rejoint celui de la jeune fille, qui a haussé les sourcils en échappant une larme elle aussi. Maureen ne l'avait pas quitté des yeux et guettait sa réaction. Elle a gardé leurs mains dans les siennes un moment, puis elle a reculé d'un pas. J'ai à ce moment eu l'impression qu'un rayon de soleil isolait Ludo et Lonie du reste du monde. Les lèvres de ma femme tremblaient, Ludo la regardait pleurer sans savoir ce qu'il devait faire, s'excuser et s'enfuir ou la serrer contre lui. C'est elle qui a fini par bouger. Elle a levé la main vers le visage de Ludo et lui a caressé la joue.

— Mon fils… a-t-elle murmuré. J'attends ce moment depuis si longtemps, a-t-elle ajouté avant que son visage se décompose en un mélange de joie et de tristesse.

Ludo a interrogé Maureen du regard. Elle souriait tristement elle aussi. Elle a hoché la tête, comme pour lui confirmer qu'il ne rêvait pas, que tout cela était vrai. Je me suis approché d'eux et je leur ai proposé d'entrer dans la maison. Cette fois, Lonie ne s'y est pas opposée. La jeune fille a essuyé ses larmes et nous a annoncé qu'elle rentrerait chez elle. Ludo lui a aussitôt demandé de rester avec nous. Elle a baissé les yeux puis elle s'est collée contre lui. Maureen est passée devant nous et nous avons gravi les quelques marches qui menaient à l'intérieur. La maison n'avait rien d'un palace, mais tout était propre et à sa place. Ma sœur nous a invités à nous installer au salon. Lonie s'est assise près de moi sur le divan pendant que Ludo apportait des chaises de la cuisine. Maureen nous a servi de l'eau, puis elle s'est assise avec nous. Je la sentais sereine, comme si nous venions de la libérer d'un fardeau. Elle nous a souri, a tapoté son verre un moment, puis elle s'est tournée vers Ludo.

— Ce que je vais te dire ne sera pas facile à entendre, l'a-t-elle prévenu.

— Je comprends pas pourquoi tu prends cet air contrit, maman.

Lonie a eu un sursaut en entendant Ludo utiliser ce mot pour désigner Maureen.

— J'ai toujours su que j'avais été adopté, a-t-il poursuivi. Ce qui m'échappe, par contre, a-t-il ajouté avec un brin d'agressivité en se tournant vers Lonie, c'est pourquoi ma mère biologique a jamais cherché à me revoir avant aujourd'hui. Et pourquoi elle réapparaît là, ce matin, dans ma vie.

Lonie a encaissé le coup en se calant dans le divan. Elle s'est raclé la gorge avant de lui répondre, ce qui a laissé le temps à Maureen de s'interposer.

— J'ai commis une grave erreur, Koby. Une faute que même Dieu ne me pardonnera pas. J'ai menti, tu comprends ? À tout le monde, depuis des années… Et à toi aussi, Koby… depuis des années. Une vie de mensonges…

Je ne savais pas s'il me fallait intervenir ou laisser Maureen déballer son sac. Ludo devait savoir, mais était-ce la bonne manière ?

— Écoute, Koby… ai-je osé, cherchant des mots pour amoindrir le choc.

— Vous êtes qui, vous ? m'a aussitôt lancé Ludo avec impatience.

J'ai regardé Maureen, qui a tendu la main vers Ludo.

— Calme-toi, lui a-t-elle dit d'une voix posée, et écoute ce que j'ai à te raconter. Je te présente Nick, mon frère.

— Ton frère ? T'as un frère, toi ? Pourquoi tu m'as jamais parlé de lui ?

— Veux-tu m'écouter, s'il te plaît ?

— Non, je veux pas t'écouter. Je veux pas savoir ce que ces gens font ici. Je pars en voyage, là, aujourd'hui.

— Koby, a soufflé la jeune fille, on partira demain, c'est pas plus grave. Y a personne qui nous attend.

Ludo l'a dévisagée en se mordillant les lèvres, déçu qu'elle ne l'appuie pas dans son désir de fuir.

— Si tu veux plus faire ce voyage avec moi, il faut le dire, a-t-il éructé.

Maureen s'est alors levée d'un bond et elle s'est plantée devant lui.

— Je vais aller en prison, Koby ! Alors écoute-moi avant que les policiers viennent me chercher.

— En prison ? Toi ? Mais pourquoi ?

Il était désemparé et ne savait plus vers qui se tourner pour se sortir du cauchemar dans lequel on l'avait enfermé. On aurait dit un animal pris au piège qui se jetait sur les murs grillagés de sa cage.

— Si tu acceptes de m'écouter, je vais tout t'expliquer.

Ce n'est qu'à ce moment qu'il a baissé la garde. Il s'est redressé sur sa chaise, la jeune fille s'est approchée de lui pour lui prendre la main et ils ont tous les deux respiré un bon coup. Maureen s'est rassise, elle a souri nerveusement, puis elle nous a raconté sa vie, depuis son enfance jusqu'à son mariage avec Bill. Elle a parlé des enfants qu'elle aurait voulu avoir, de la distance qui s'était installée entre son mari et elle, de sa solitude dans sa grande maison en forêt. Puis ses yeux se sont remplis de larmes lorsqu'elle s'est souvenue du jour où nous sommes apparus chez elle, Lonie, Ludo et moi.

— Ludo ? a-t-il répété.

Lonie pleurait elle aussi, mais elle avait accepté de ne pas intervenir et de laisser Maureen poursuivre cette histoire qui était aussi la sienne. Ludo a donc appris ce qui avait amené sa mère à s'installer avec lui dans la maison de Maureen, et il avait l'impression en l'écoutant que des images de cette époque se formaient dans son esprit. Il voyait une piscine, disait-il, puis les colonnes de l'entrée d'une maison imposante. Maureen a insisté sur son bonheur retrouvé depuis que Lonie habitait chez elle avec son fils. Son mari ne partageait pas son enthousiasme, et il était vite devenu évident que leurs existences n'allaient pas dans la même direction. Aussi s'était-elle un jour enfuie avec Lonie et son fils pour refaire sa vie.

— Je m'étais bien sûr attachée à toi. Tu étais devenu le fils que je n'avais jamais eu, et j'acceptais de moins en moins de te partager avec ta mère. C'est fou, je sais… Alors un jour…

L'émotion lui a coupé la voix. Lonie s'était agrippée à moi pour ne pas réagir. Pendant un moment, nous ne fûmes plus que chagrin et incompréhension. Même la révolte s'était tue dans nos corps, parce que nous assistions à la décomposition lente mais certaine d'un être humain qui se savait condamné.

— Alors un jour, je t'ai enlevé… Ludo. Je me suis enfuie, avec toi, sans plus jamais donner de tes nouvelles à ta mère qui t'aimait tant, qui est assise là devant moi aujourd'hui et qui, si elle s'écoutait, me crèverait les yeux pour lui avoir causé tant de peine.

Maureen s'est levée, elle a croisé les mains sur son ventre et elle a penché la tête.

— Je m'appelle Maureen Delwigan, je suis la sœur de Nick Delwigan. Maggie Keller est un fantôme qui a habité mon corps pendant seize ans. Aujourd'hui, Koby Keller doit mourir lui aussi… Je te rends à ta mère, Ludo, et je te demande même pas de m'excuser parce que je sais que ce que j'ai fait est impardonnable, même si pendant toutes ces années je t'ai aimé comme mon propre fils.

Elle s'est retirée dans la cuisine et nous sommes restés englués dans le malaise que ses aveux avaient provoqué dans le salon. Après un moment, Lonie s'est levée. J'avais l'impression qu'elle portait maintenant toute la tristesse du monde sur ses épaules. Elle s'est approchée de Ludo, puis elle a regardé la jeune fille qui lui tenait la main.

— Partez tous les deux ! leur a-t-elle suggéré. Je vais te laisser mes coordonnées, a-t-elle ajouté pour Ludo, que toutes ces révélations avaient rendu impassible. Tu me contacteras quand tu en auras envie. Mais pour l'instant, va digérer ça loin d'ici.

— Je peux pas la laisser comme ça, a-t-il dit après un moment en tournant les yeux vers la cuisine.

— Je crois qu'elle a besoin d'être seule, elle aussi. Et Nick va veiller sur elle, a-t-elle promis en me souriant tristement.

Ludo s'est levé, a fait un pas vers la cuisine, puis il s'est arrêté. Il s'est tourné vers nous et ses yeux se sont fermés comme malgré lui. J'ai senti à ce moment la main du destin appuyer sur sa nuque pour le plier en deux. Il a posé ses mains sur ses genoux, puis son corps s'est mis à trembler. Je me suis levé d'un bond pour lui porter assistance, mais Lonie m'avait devancé. Elle s'est penchée sur lui, il a relevé la tête puis l'a appuyée sur la poitrine de sa mère, qui s'est mise à répéter son nom en lui caressant les cheveux comme lorsqu'il avait cinq ans.

— Mon p'tit gars… mon p'tit gars chéri.

Puis Lonie a chanté la comptine qu'elle avait répétée dans la voiture, comme si elle avait l'intuition que seule la musique et les mots de son pays pourraient mettre un baume sur la plaie qui allait s'ouvrir dans le cœur de son fils. La jeune fille a reculé d'un pas, puis elle m'a rejoint, et nous avons assisté au spectacle émouvant de ces retrouvailles sans retenir nos sanglots. Le salon de cette modeste maison du nord des Amériques devenait sous nos yeux le décor d'une résurrection que seul un grand maître aurait pu représenter, car nous n'étions plus ni dans le temps ni dans l'espace, mais dans l'instant figé d'une épiphanie que nous voulions tous rédemptrice. Ludo, malgré sa taille de jeune homme, se laissait bercer par sa mère comme au jour de sa naissance. Sans doute retrouvait-il les odeurs de sa prime enfance, celles de la peau de sa mère aimante, parfum de petit lait vanillé.

Après de longues minutes, pendant lesquelles nous avons entendu Maureen pleurer aussi dans la cuisine, Ludo et Lonie se sont séparés. Dans une ambiance de tristesse et de joie mêlées, ils se sont tenu la main et se sont observés comme pour célébrer la part de soi qu'ils devinaient chez l'autre. Puis Lonie s'est éclairci la voix.

— Va maintenant ! Et donne de tes nouvelles de temps en temps…

Il a baissé les yeux, puis les a levés sur sa copine, qui lui a souri d'une drôle de manière, comme si elle voulait lui dire qu'elle était désolée de ce qui lui arrivait même si elle n'avait rien à voir avec toute cette histoire.

— Je dois quand même lui dire au revoir avant de partir, a-t-il lâché.

Lonie lui a caressé la joue une dernière fois.

— Bien sûr, Ludo, a-t-elle dit à voix basse avant de le libérer.

Il a hésité un moment, puis il est allé rejoindre Maureen dans la cuisine. J'ai serré Lonie dans mes bras puis nous sommes sortis de la maison, suivis de la jeune fille, qui ne voulait pas rester toute seule dans le salon. Nous nous sommes tous les trois arrêtés sur le trottoir, puis nous avons attendu que Ludo nous rejoigne sans savoir que ce qui se jouait à ce moment-là dans la cuisine de cette maison allait sceller notre destin à tous.

MAUREEN

Quand je l'ai vu apparaître dans le cadre de la porte, j'ai détourné les yeux comme si la honte avait pris toute la place. Pourtant, je n'avais pas de regrets en ce qui le concernait. J'éprouvais même de la fierté quand je pensais aux années de bonheur que je lui avais permis de vivre. Il n'avait jamais manqué de rien. J'avais été pour lui une mère idéale, toujours présente et attentionnée, capable de le soutenir et de l'encourager dans les moments plus difficiles, admirative devant ses bons coups. Une fois que nous avions été installés ici, dans cette ville, il n'avait pas mis de temps à s'intégrer et à se constituer un groupe d'amis que je recevais chez moi comme des invités importants. Il n'avait jamais eu à rougir de moi, et j'avais souvent entendu ses copains lui dire comme ils auraient aimé avoir une mère comme la sienne. Aussi, rassérénée par ces pensées, je me suis ressaisie et j'ai soutenu son regard en croisant les bras sur ma poitrine. Il m'observait comme on examine un chien malade, avec pitié, ce qui est pire que le mépris, et je me suis aussitôt renfrognée. Je ne voulais pas de sa compassion ni de son indulgence. J'aurais aimé qu'il me remercie pour la vie que je lui avais offerte. J'allais payer pour les fautes que j'avais commises, mais je méritais qu'il reconnaisse que je ne l'avais pas maltraité, que je lui avais permis de devenir le jeune homme sain et équilibré qu'il était devenu, que je lui avais donné tous les outils qu'il fallait pour faire face aux difficultés de la vie, même à celle qu'il traversait présentement. Je voulais qu'il me dise que j'avais été une bonne mère, la meilleure qu'un garçon puisse avoir. Mais il gardait le silence, avec ses grands yeux tristes fixés sur moi. N'en pouvant plus, je me suis levée pour me servir un verre d'eau. J'ai laissé l'eau couler du robinet jusqu'à ce qu'elle soit plus froide et j'ai rempli mon verre en regardant le soleil dessiner des ombres sur la cour arrière. Puis j'ai pensé à ce qui allait advenir de ma maison une fois qu'on m'aurait mise en prison. Puis j'ai dit « elle est à toi maintenant » avant de prendre une gorgée. Koby n'a pas réagi, ne m'a même pas demandé de quoi je parlais. J'ai dit « la maison… je te laisse la maison ». Il a répondu « je m'en vais, m'man ». Et j'ai compris qu'il n'allait plus revenir, que sa vie continuerait de se dérouler loin de moi et de cette maison et de notre quartier et de la ville où il avait grandi. J'ai bu une autre gorgée d'eau, j'ai déposé le verre sur le comptoir et je me suis accrochée à l'évier pour ne pas m'effondrer. Il n'y avait plus rien pour me retenir, le ciel tournait sur lui-même, une fissure dans l'espace-temps me gelait sur place comme si l'on m'avait projetée dans le vagin du cosmos, vers ma naissance et tout ce qui l'avait précédée, jusqu'au big bang et même avant. Je me sentais coincée comme dans la tête d'épingle de laquelle était née la grande explosion, tout mon être réduit à une particule si petite que son existence même ne pouvait être démontrée. J'étais en train de mourir de froid, et je continuais d'espérer que mon fils me couvre de sa chaleur pour me sauver. Mais il gardait ses distances, insensible à mes souffrances. Peut-être avait-il peur que je le contamine, moi qui l'avais toujours protégé. J'ai prononcé son nom, « Koby », comme un appel à l'aide. Il m'a répondu : « Tu l'as dit, Koby est mort, maman. » Je l'ai regardé droit dans les yeux et j'ai dit : « Pour toi, oui, et c'est bien qu'il en soit ainsi. Mais pour moi, Koby restera vivant à tout jamais. » Il a fait un pas dans ma direction, puis il s'est arrêté comme si on le lui avait ordonné. J'ai tendu la main, il a fermé les yeux. « Viens… viens m'embrasser avant de partir. » Je me suis approchée de lui, il a rouvert les yeux. J'ai pris sa main et des larmes se sont échappées de son regard d'enfant. Je lui ai dit « je t'aime », et c'est à ce moment qu'un éclair a provoqué un court-circuit dans mon esprit. Mon fils venait de me gifler. Il avait frappé ma joue de sa main ouverte et semblait prêt à recommencer. Avec un air de défi, je me suis approchée davantage, et il m'a effectivement frappée de nouveau. Le goût du sang dans ma bouche m'a fait perdre la tête. J'ai dit « c'est ça, vas-y, cogne-moi encore », et il s'est élancé encore une fois. J'ai encaissé le coup sans broncher, insensible à la douleur, toute tournée vers ma propre colère qui me faisait maintenant dire des choses horribles, des phrases qu'une mère ne dit à son enfant que parce qu'elle veut l'emmener avec elle dans la mort. Il répondait à chacune de mes attaques par un coup encore plus fort, me criait de me taire, m'accusait d'avoir détruit sa vie et celle de sa mère, qu'il appelait maintenant sa vraie mère. Un coup de poing à la tempe m'a étourdie, et je me suis étendue sur le plancher. Il s'est penché sur moi, et je lui ai dit « t'as pas le droit d'agir comme ça, je t'ai donné ma vie, tu serais qu'une merde si j'avais pas été là, une petite merde de chien qu'on pousse du pied dans le caniveau », et il a compris que je l'invitais par mes insultes à terminer son ouvrage. Et si Nick n'était pas intervenu en attrapant Koby par-derrière pour l'empêcher de se ruer sur moi, toute cette histoire aurait enfin trouvé son dénouement. Ils sont sortis de la cuisine, Koby pleurant dans les bras de son oncle en répétant qu'il voulait partir, loin de moi et de tout ce qui l'entourait. Je me suis assise sur une chaise, je me suis essuyé la bouche avec le bas de ma robe et j'ai attendu que les policiers viennent me chercher pour me conduire au poste, ce qui n'a pas tardé à arriver.

LUDO

Quand j'ai appuyé ma tête sur son épaule, tout m'est revenu d'un coup, une suite d'images encore floues que je cherchais à préciser. Nous étions dans une gare, elle et moi, et attendions qu'on vienne nous chercher. Puis nous nous sommes retrouvés dans une ruelle, puis dans le camion d'un cow-boy, qui nous a hébergés dans une drôle de cabane. Un homme m'a emmené chez lui, mais le cow-boy est venu me chercher. Puis j'ai revu la maison aux quatre colonnes, entourée d'une forêt dense, et la piscine creusée dans le jardin, et mon plaisir d'être là avec ma mère, et Maggie qui s'amuse de me voir m'amuser. Et le cow-boy encore là sur une plage, et les vagues et le vent et les couleurs flamboyantes d'un cerf-volant. Puis ma mère disparaît. Et le cow-boy aussi. Il n'y a plus que Maggie, qui me trimbale d'une ville à l'autre, les autocars et les taxis, les hôtels souvent minables où je n'arrive pas à m'endormir. Et Maggie qui m'achète une glace au Dairy Queen, et les autocars et les hôtels encore et encore, jusqu'à ce qu'on nous remette les clés de la maison, notre maison où nous allions pouvoir nous poser.

La femme qui caressait mes cheveux pleurait en silence, et je la laissais me chanter sa comptine parce que je sentais que cela lui faisait du bien. Je comprenais qu'elle ne m'avait pas abandonné, qu'on m'avait arraché à elle, et je n'osais pas imaginer la peine que ce geste d'une incommensurable lâcheté avait pu lui causer. Alors, je la laissais chanter et me caresser les cheveux. J'entendais Maggie pleurer dans la cuisine et je la détestais comme jamais je n'avais détesté quelqu'un jusqu'à ce jour. Lentement, la colère s'était frayé un chemin dans mon esprit pour finir par prendre toute la place. Une colère incontrôlable, qui s'imposait sans que je puisse dire d'où elle venait au juste. Sans doute du sentiment que j'éprouvais d'avoir été trahi. Aussi ai-je voulu revoir Maggie une dernière fois pour lui faire mes adieux. Je l'ai rejointe dans la cuisine. Elle était assise et avait cessé de pleurer. Il y avait même dans son regard un air de défi, une arrogance qui m'a mis les nerfs à fleur de peau. Quand elle m'a parlé de la maison, qui allait maintenant m'appartenir, j'ai compris qu'elle ne regrettait rien. Et quand elle a prononcé mon nom, celui qu'elle m'avait donné en remplacement de celui que ma mère m'avait offert à ma naissance, un voile rouge est passé devant mes yeux. Et j'ai eu peur de moi, de ce que j'allais lui faire. Elle a voulu m'embrasser, et le voile rouge a brouillé mon regard. Je n'étais plus qu'un élan retenu, qu'une lame pointée sur elle. Et elle a prononcé les mots qu'il ne fallait pas. J'ai reçu son « je t'aime » en plein cœur, comme de la chevrotine crevant l'orignal. Mon âme s'est mise à meugler et à battre du sabot, et j'ai laissé ma main en témoigner. Je n'avais plus accès à ce qui se passait entre mes deux oreilles, aussi ma main agissait-elle d'elle-même, multipliant les gifles et les coups de poing, encouragée par les insultes que Maggie me lançait au visage pour me pousser jusqu'à mes dernières limites. Or je savais que ma haine n'avait plus de frontières et que mon corps tout entier n'était plus tendu que vers la destruction de ce qui lui causait une telle souffrance. Il allait d'ailleurs porter le coup fatal lorsqu'on l'a empoigné, par-derrière, pour le neutraliser. Je me tenais là, à quelques mètres au-dessus de la scène, impassible, insensible puisque désincarné, résigné à ne plus jamais réintégrer ce corps qui pourtant m'a aspiré aussitôt qu'on l'a sorti de la cuisine.

Je me suis retrouvé devant la maison, serré entre Laura et ma vraie mère. Le cow-boy appelait la police, qui s'est pointée sans tarder. Parce qu'il ne voulait pas que j'assiste à la scène, ou peut-être aussi pour me protéger des soupçons qui allaient peser sur moi quand on découvrirait les blessures que j'avais infligées à Maggie, le cow-boy m'a entraîné vers sa voiture, dans laquelle je suis monté avec Laura. Ma vraie mère s'est installée au volant et nous avons quitté la rue en laissant le cow-boy se démerder avec les flics.

DESTINY

Ce samedi-là, maman nous a fait promettre de ne rien planifier du reste de la journée. Elle avait reçu la semaine précédente le courriel qu'elle attendait depuis des mois. Notre demi-frère y annonçait sa visite pour le samedi suivant, et comme nous ne l'avions jamais rencontré, Hope et moi, il était hors de question de rater cette occasion de mettre enfin un visage sur ce fantôme.

Maman nous avait tout raconté — du moins, c'est ce qu'elle nous avait dit —, l'enlèvement et tout et tout, puis les retrouvailles de l'an dernier et le départ de Ludo pour un long voyage avec sa copine, et le procès puis l'emprisonnement de la sœur de papa. Une histoire incroyable que je n'ai jamais répétée à personne tellement j'avais peur qu'on me prenne pour une folle.

Nous étions tous réunis dans la cuisine et regardions les aiguilles de l'horloge avancer. Maman était incapable de demeurer en place. Elle avait préparé un gigot d'agneau dont les arômes fusaient partout dans la maison, puis un gâteau au chocolat garni d'un crémage au fromage dans lequel nous n'avions pas pu nous empêcher de glisser un doigt, ma sœur et moi. Assis au bout de la table, papa faisait semblant de lire le journal. Même s'il ne l'aurait jamais avoué, nous le sentions fébrile et nerveux. Sa jambe gauche, appuyée sur son genou droit, en témoignait en se balançant frénétiquement.

À dix-sept heures dix, nous avons entendu une voiture se garer dans l'allée d'asphalte qui bordait notre maison. C'était lui, pour sûr. Papa s'est levé, maman a lissé sa robe, puis la sonnerie a annoncé le début de notre nouvelle vie de famille.

Quand maman a ouvert la porte, il était là, souriant, les mains croisées sur son ventre. Je l'ai trouvé si beau que j'ai un instant regretté que ce soit mon demi-frère. Maman l'a embrassé sur la joue et l'a invité à entrer. Sa copine se tenait derrière lui, et maman lui a fait l'accolade. Papa s'est approché pour serrer la main de Ludo, puis il a embrassé sa copine sur la joue. Puis nos parents nous ont présentés les uns aux autres. Ça me faisait tout drôle de voir mon demi-frère pour la première fois. Hope a même bafouillé en prononçant son nom, prise avec un H qui ne voulait pas la lâcher. Maman a dit en pleurant tout son bonheur de nous voir enfin réunis, et papa lui a caressé le dos. Puis Ludo nous a annoncé une surprise avant de retourner à sa voiture. Sa copine nous regardait en rougissant, et nous nous sommes demandé s'il s'agissait d'une belle ou d'une mauvaise surprise…

HOPE

Je n'aimais pas les surprises. Souvent, on espère une chose extraordinaire et on se retrouve déçu de ce qui nous est finalement offert. Maman a invité la copine de Ludo à s'asseoir, mais celle-ci a décliné l'offre poliment. J'avais l'impression qu'elle ne savait pas, elle non plus, ce que Ludo allait nous rapporter de la voiture tellement elle avait l'air anxieuse.

Au moment où je commençais à imaginer les livres ou les disques que notre frère avait peut-être choisi de nous offrir, il est réapparu dans le cadre de la porte avec un bébé dans les bras. Parce qu'il était emmitouflé dans une couverture rose, j'ai tout de suite su que c'était une fille. Maman a lancé un « Oh mon Dieu ! » d'étonnement en posant ses mains sur sa bouche. Elle avait les yeux ronds et cherchait le regard de papa, qui ne savait pas comment réagir. Ludo s'est approché d'elle et lui a tendu le bébé.

— C'est une fille, non ?

— Une fille, oui, a répondu Ludo.

Sa copine s'est approchée à son tour et elle a posé sa main sur l'épaule de ma mère.

— Nous avons décidé de l'appeler Lonie, a-t-elle dit.

Maman est restée sans voix, et j'ai eu peur qu'elle s'évanouisse. Mais elle s'est plutôt mise à rire, un rire étrange qui se nourrissait de ses larmes, des larmes de bonheur, je crois. Papa l'a embrassée sur le front, puis maman lui a passé le petit. Ludo nous regardait comme si nous venions de lui apparaître, un sourire figé sur ses lèvres brunes. Nous avons tiré à pile ou face, ma sœur et moi, pour savoir laquelle de ses deux demi-tantes allait prendre la petite Lonie en premier dans ses bras… et j'ai gagné la manche.

MAUREEN

Chaque soir, avant de m'endormir, je marche vers la rivière, me défais de mes vêtements de prisonnière et plonge dans l'eau glacée pour me laisser porter jusqu'à la chute. Et quand le tourbillon où elle me précipite m'avale complètement, je dessine ton doux visage sur les parois de mon âme et j'attends que la mort me libère de toi.

Chaque matin, quand le soleil trace l'ombre des barreaux de ma cellule sur le mur où j'ai collé ta photo, Koby, je maudis le ciel d'être encore en vie, et je glisse sur le dos du temps jusqu'au soir où, avant de m'endormir, je marcherai vers la rivière, me déferai de mes vêtements de prisonnière et plongerai dans l'eau glacée pour me laisser porter jusqu'à la chute…

NICK

Chaque nuit, je refais le même rêve. J'ai bradé mon pick-up pour une décapotable et le vent emmêle mes cheveux. La radio nous balance du Gillian Welch à plein volume pendant que, assis sur mes genoux, le petit Ludo tient le volant bien serré entre ses mains. Sur le siège du passager, sa mère fixe la route, remplie d'une béatitude qui lui arrondit le visage, et je remercie le soleil et la mer et les oiseaux perchés sur les branches des palmiers de me permettre de vivre cela. Puis j'entends mes filles qui, sur la banquette arrière et pas plus vieilles que Ludo, se mettent à chanter elles aussi.

Oh I dream a highway back to you love
A winding ribbon with a band of gold
A silver vision come and rest my soul
I dream a highway back to you

ALAIN BEAULIEU

En 2009, j'ai voulu sortir de chez moi, de ma ville et même de mon pays pour aller voir ailleurs si j'y étais – comme écrivain, bien entendu. Cet élan m'a amené à écrire un roman – *Le Postier Passila* – dont l'intrigue se déroule en Amérique centrale. Ce texte m'a surtout permis d'entamer ma seconde vie d'écrivain, puisque j'avais volontairement délaissé, lors d'une virée d'adieu dans les rues de ma ville, tous les personnages qui avaient peuplé mes romans précédents. Une fois ce roman publié, j'ai entamé ma remontée vers le Québec. Or, ce périple passait nécessairement par les États-Unis, ce qui a donné *Quelque part en Amérique*. Aujourd'hui, je me retrouve chez moi et ce que j'y écris me confirme que l'égarement devient inquiétant quand il s'installe dans la partie la plus fragile de notre corps : notre cerveau.

Alain Beaulieu
1er juin 2012

FRANÇOIS FORTIN

Les pieds sur terre et la tête dans les étoiles

Le début de sa carrière est placé sous le signe de la connaissance et de sa diffusion. Directeur éditorial visionnaire, François Fortin revisite la pensée encyclopédique. Il publie des ouvrages de référence, et les nouvelles technologies lui permettent de concevoir l'image, le son et l'architecture de l'information comme autant d'éléments au service du sens. Durant toutes ces années, il garde intact le rêve de revenir à la photographie, à laquelle il s'est formé très jeune. Après ses expositions de photos sur l'Inde et la Patagonie, il prépare pour 2013 une série de portraits de chercheurs et médecins en neurologie, hommage à ces gens qui s'appliquent à éclairer notre esprit.

www.francoisfortin.com

ACHEVÉ D'IMPRIMER EN OCTOBRE 2012
SUR DU PAPIER 100 % RECYCLÉ
SUR LES PRESSES DE MARQUIS IMPRIMEUR,
LOUISEVILLE, QUÉBEC.